涵芬书坊

〔英〕威廉·萨默塞特·毛姆 著
刘文荣 译

你自管做人，只当上帝并不存在
——毛姆谈人生

商务印书馆
The Commercial Press

William Somerset Maugham

MAUGHAM'S ESSAYS ON LIFE

涵芬楼文化出品

译　序

威廉·萨默塞特·毛姆（William Somerset Maugham，1874—1965），这个名字现在对于中国读者来说已经很熟悉了。他的长篇小说，如《人性的枷锁》(*Of Human Bondage*，1915)、《月亮和六便士》(*The Moon and Sixpence*，1919) 以及《刀锋》(*The Razor's Edge*，1944) 等，不仅早已有了中译本，而且还赢得了众多中国读者的喜爱。不过，除了是一位成功的小说家，毛姆还是一位成功的剧作家和散文家。

实际上，毛姆最初的名声来自他的剧作，而不是小说——他最出名时，伦敦的几家剧院曾同时上演他的四个剧本，其中一个剧本还连续上演了一年之久。这样的盛况，对一个当代剧作家来说实为罕见，也许只有和他同时代的大剧作家萧伯纳才能与之相比。

至于散文家的名声，则在毛姆晚年时才得之。因为他在六十岁时决定，尽量少写小说，以便腾出时间来"回顾"和

"总结"自己的一生（此时他觉得自己将不久于人世，没想到还要活三十一年）。这样，他陆陆续续写了几部自传性的散文作品（有人称之为"回忆录"，但他不同意，认为他不仅仅是在"回忆"，更多的是在"思考"）。他原本只是想给自己一个交代，没想到这几部散文作品再次使他出名，几乎每出一部就引起一阵轰动。于是，他就有了散文家的名声。

毛姆的这几部散文作品，分别是《总结》（*The Summing Up*，1938）、《作家笔记》（*A Writer's Notebook*，1949）、《随心所欲》（*Vagrant Mood*，1952）、《观点》（*Points of View*，1958）和《回顾》（*Looking Back*，1962）。本书就是从中选译而成的——主要是其中的三部，即《总结》《作家笔记》和《观点》——所选篇目（题目系译者所加）均为毛姆对人生（尤其是对他自己的人生）的思考与感悟，写得颇为随意而又极为真挚，可称为"人生随笔"。

这些"人生随笔"选译出来后，我把它们分为两部分：一部分是毛姆谈他的人生经历，取名为"我的人生路"；一部分是毛姆谈他对人生的看法，取名为"我的人生观"。

在第一部分"我的人生路"里，毛姆谈到了他在人生各个阶段的感受，从青春之时到耄耋之年。这也许人人都有，但有一点他与众不同：他说他一开始就为自己设计了人生，不像大多数人那样随波逐流，也不像有些人那样异想天开，而是冷静地选择了写作生涯。为什么？他原本可以成为一名医生，因为他学的就是医学；或者成为一名律师，像他父亲那样——为什么偏要选择以写作为生？要知道，想要成为一名成功的作家，远比成为一名成功的医生或者一名成功的律师难得多，甚至是希望渺茫的。但他却为自己设计了作为一名作家的人生。因为，他一开始就知道自己的缺点：他身材矮小[1]，而且口吃。一个身材矮小而且口吃的医生，想想看，要有多高的医术才能赢得病人的信任？至于一个身材矮小而且口吃的律师，那就更不用谈了，也许没有一个主顾会去找他办案。所以，他选择了跟身材和口才无关的职业——写作。因为他也一开始就知道自己的优点：他思路敏捷，而且兴趣广泛。这至少是作为一名作家的基本条件——至于能不能成功，那就另当别论了，还要看他是否努力，更要看他是否幸运。

是的，他很幸运，也很努力，所以他成功了。这时，他刚刚步入中年。作为著名作家，他收入丰厚。他从来就不是苦行僧，也不是工作狂；他喜欢享受，而且对此直言不讳。他吃得好、穿得好；他拥有豪宅和汽车；他雇用保姆和厨师；他还在意大利买下一幢度假别墅和一艘游艇。他喜欢旅游，

---

[1] 毛姆身高175厘米，这在英国是矮个子（男人180—185厘米才是中等个子，高个子是185厘米以上）。

但不喜欢体育（他从不去打高尔夫球，或者骑马，尽管这是富人的象征）。他也不喜欢舞会、派对之类的交际场合——他说，在那里，那些口齿伶俐的家伙风风光光，而他说话结结巴巴，实在没劲。至于女人，他和其他男人一样也是喜欢的，只是他说他要挑挑拣拣，所以常有"饥渴"的时候。总之，在他享受生活的同时也有一些不满。他和托尔斯泰一样，也是一辈子对自己的身高耿耿于怀，总觉得自己若长高十厘米就好了[1]。

不过，尽管不是仪表堂堂，他成名后还是吸引了不少女士。她们或许是崇拜他的才华，或许是贪图他的富有，谁知道呢——反正她们送上门来，他也就"挑挑拣拣"，时而缓解一下"饥渴"。但不知怎么一来，其中有一位年轻貌美的女士——西莉·康威尔——使他真的动了心。他于1917年四十三岁时娶了这位女士为妻，而她虽然只有三十多岁，却是第二次结婚，前夫康威尔先生是个富有的商人。婚后最初几年，他们相安无事，毛姆夫人还生下了女儿丽莎。但渐渐

---

[1] 也许高了十厘米，他们就成不了大作家了。因为他们都因自己的身高而有一种自卑心理（主要是在女人面前），于是就努力要以自己的才能和成就来加以弥补（关于这一点，托尔斯泰在他的《忏悔录》里是直接说出来的）。他们主观上（或者说，无意识地）想要吸引女人（或者说，至少在女人面前少一点自卑），客观上却成了大作家。

地，毛姆夫妇的关系变得紧张起来。其中原因，表面上很大众化——妻子抱怨丈夫不顾家，丈夫指责妻子乱花钱——实际情况到底如何，他们没说，我们也就不得而知。所有传言都是别人的猜测：有人说，毛姆夫人发现丈夫是同性恋（应该是双性恋，这一点毛姆到了晚年才承认——真是令人羡慕！他真会享受！不仅享受女人，还享受男人）；有人说，毛姆发现妻子一直和前夫有来往（这一点，他早先一直没说过，直到八十多岁——那时他早已和西莉离婚——他突然宣称丽莎并不是他的亲生女儿，而是西莉和她的前夫康威尔先生的私生女，因而他剥夺了丽莎的继承权。对此，有人说他老糊涂了；有人说他是想把继承权转给他的同性恋情人，等等。可惜那时没有DNA鉴定，所以谁也说不清楚）。不管怎么说，反正到了他们婚后第十二年，也就是1929年，他们离婚了。那时他五十五岁，按他的说法，他在等待老年的到来。

如前所说，毛姆在六十岁时主动退休，开始"总结"自己的一生。他的"总结"不是记流水账，而是借自己的一生思考人生的意义，同时表明他对人生的态度和看法——这些，就是本书第二部分"我的人生观"里所选译的。

不过，在说到他的人生观之前，有一件事不妨提一下。那就是他在"一战"期间曾受雇于英国情报部门去瑞士和俄国从事间谍活动。尽管时间很短，他很快就退出了，但对于一个作家来说,有这种经历还是很令人吃惊的。他为什么要这么做?是好奇?还是想试试自己有没有这方面的才能?或许有这种可能,但更有可能是为了写作。因为在这之后,他就以自己的亲身经历写了一部间谍小说。遗憾的是,这部间谍小说并没有引起读者多少兴趣,可说是失败之作。看来,在这方面他错了,"真实的"间谍小说不是"成功的"间谍小说,"成功的"间谍小说是根本就没有做过间谍的间谍小说家们编造出来的。

现在,我们来谈谈他的人生观。我觉得,他的人生观是超前的,至少超前一代人。也就是说,他的人生观和出生在20世纪初的相当一部分西方人很相近[1](他的作品在当时大多为年轻人所喜爱,原因大概就在于此),而他是出生于19世纪70年代的人,比杰克·伦敦早出生两年,比契诃夫仅小十三岁,比D. H. 劳伦斯还年长十一岁,只是因为他活得时间长(1965年才去世),所以给人他是个当代作家的印象。其实,他是个19世纪的人——至少,他最初受到的教育,是19世纪

---

[1] 在欧美,两次世界大战期间以及"二战"后的五六十年代,存在主义思潮极大程度上影响了那一代人的人生观,以至于直到今日,大多数人的人生观仍是存在主义的。存在主义人生观简单说来就是:人活在世上本无意义,所谓人生的意义,只是这件事对那件事的意义,而对于人生的最后结局——死亡——来说,任何事情都毫无意义,因为死亡就是毁灭,就是无。

的传统教育，其中基督教的影响特别大。为什么要说这些呢？因为当你读到后面时，你会发现，他在谈自己的人生观时总要谈到基督教——并非求助于基督教；相反，是要摆脱基督教。也就是说，他的人生观是在摆脱基督教影响的过程中形成的。

在这个过程中，最重要的是他对上帝的存在产生了怀疑[1]。在他早先所受的教育中，人们总是教导他要信奉上帝、敬畏上帝，因为只有相信上帝，人生才有意义（即赎罪和得到灵魂的永生）。但他却从自己所学的医学中得知，人体的运作和其他动物并没有什么两样，人的死亡和其他动物也差不多，并没有什么可以证明人死之后还有什么灵魂存在。既然灵魂的存在得不到证明，那么又何来灵魂的永生？那也许只是人们的一种愿望，一种美好的愿望，可惜永远不可能实现——过去的人或许不知道，现在的人难道还不肯承认吗？如若承认灵魂的永生只是人们的一种美好愿望，那么据说可以使灵魂得到永生的上帝，又会是什么呢？会不会是一种更加美好的愿望？若是，非常可惜，这一愿望或许更加不可能实现，因为好像更没有什么可以证明上帝的存在——所有所

---

[1] 不过，他并没有成为无神论者，按他自己的说法，他是个"不可知论者"，也就是认为上帝存不存在是不可知的，因为相信上帝存在的人和相信上帝不存在的人，都拿不出证据证明自己的想法。

谓的证据或许只是一些错觉而已。既然这样,我们怎能把自己的一生交付给一种无望的愿望呢?所以,他的结论是:"你自管做人,只当上帝并不存在。"

既然"上帝并不存在",人死后也没有什么灵魂的永生,那么人生还有什么意义呢?他说,人生从根本上说没什么意义,因为我们现在知道,人类只是短暂地存在于一颗叫地球的行星上,而宇宙中还有无数像地球一样的行星,那里根本没有什么人类,甚至连一点生命迹象也没有。那或许是宇宙的常态。如若这样,那么地球迟早也要恢复常态,地球上包括人类在内的所有生命形态都将消失,重新化为宇宙物质——想想看,既然是这样,人生还有什么意义可言?——至少,人生没有永恒的意义。那么是不是说,人活着和死了没什么区别?那倒也不是。他说,他既然看不出自己活着有什么重大意义,所以"只能自问:我活着对我自己有何意义?也就是说,我该怎样活,我该怎样在我的一生中最好地应对一切,从而最大限度地获得我想获得的东西"?这就是他的人生观。

有人或许会说,那不是太狭隘了吗?一个人活着,只是为了自己?难道为亲人谋福利、为社会做贡献,不是人生的意义所在?对此,他或许会说:"是的,这些确实很有意义,但你也是在最大限度地获得你想获得的东西,归根结底,还是为了你自己。"

确实，一个人自愿做的任何事情，都是为了自己，只有被迫做他不愿做的事情，才不是为了自己。换句话说，一个人做他愿意做的事情，就有意义；做他不愿做的事情，就没有意义。反过来说，有意义的人生，就是最大限度地做自己愿意做的事情。这听上去似乎很容易，其实，你不妨想想，在你的生活中有多少你愿意做而且做了会觉得高兴的事情？

是的，现代人或许不再受制于宗教信仰，但仍受到许多束缚，如家庭的束缚、工作的束缚、社会的束缚……如果你在这些束缚中过惯了，而且麻木了，不再考虑什么人生问题，那谁都对你无话可说，你也不必听谁来跟你谈什么人生。若不然，如果你对人生还有一点困惑，你对自己的人生还有一点不满（其实，凡是思考人生的人都对自己的人生有所不满），那就不妨读读这本书，听听毛姆谈人生——尽管他未必对你的人生会有什么具体指导（他也没有这个意思），但你至少能从他那里受到一点启发或者得到一点安慰，那也是好的。

《毛姆传》一书的作者泰德·摩根说："毛姆一生的意义就在于，它表现出一个人如何克服他所面临的种种障碍，怎样充分发挥他的全部潜力。这一点假如毛姆能做到，那么就人人都有希望能做到。如：口吃阻碍他去从事他的祖父和父亲的职业——律师，却帮助他决心成为一个作家；他母亲之死和他不幸的童年给他最优秀的长篇小说提供了素材;他能把他孤独的感情转化为探索性的超然态度。"——是的,毛姆做到了,你希望自己也能做到吗?

刘文荣

目　录

一　我的人生路

5　　我早年所受的教育

20　　我为自己设计人生

26　　我想知道人生的意义

37　　我很早就放弃了宗教信仰

44　　我曾做过许多傻事

49　　我步入中年时的感想

53　　我期待老年的到来

58　　我走的是我自己的路

62　　我的七十岁生日

83　　我在走向死亡的路上

二 我的人生观

- *91* 我不知道上帝是否存在
- *99* 我对《奥义书》的解读
- *108* 我不知道人生有何意义
- *113* 我不相信生活是一场梦
- *118* 我不相信灵魂不死
- *123* 我不相信因果报应
- *128* 我不相信苦难会使人高尚
- *134* 我相信自由意志,也相信决定论
- *140* 我觉得所谓人生哲学大凡虚假
- *144* 我认为只有"善"才有人生价值
- *162* 我希望早日让位给他人
- *166* 我的人生格言与断想

你自管做人，只当上帝并不存在

毛姆谈人生

一　我的人生路

我早年所受的教育

一

我很早就离开了学校。当初在预备学校,我一直不开心。我是父亲去世后被送到那里的,因为那所学校在坎特伯雷,离我叔叔[1]担任教区牧师的白马厩镇只有六英里[2],附属于古老的皇家学校。我是十三岁按时入学的。我觉得初级班的老师一个个都是叫人害怕的坏蛋,好在没过多久,我就从那里出来了,因为生了一场病,不得不到法国南部疗养一个学期。我母亲和她姐姐都死于肺结核,所以当发现我的肺部受感染时,我叔叔和婶婶都很担心。他们把我安置在耶尔一个家庭教师家里。等我病愈回到坎特伯雷时,我已经有点讨厌那个

---

[1] 毛姆出生在法国巴黎,五岁时父母双亡,被送回英国由叔叔亨利·毛姆抚养。
[2] 1英里约为1.61千米。

地方了。因为和我曾是朋友的同学都交上了新朋友,我很孤独。很快,我转入了高级班。因为缺课三个月,我的成绩跟不上,班主任总是责骂我。于是,我就对叔叔说,我想离开那所学校,到里维埃拉[1]去度过冬天,这对我的肺也有好处。然后,再到德国去学德语,这对我也有好处。至于要进剑桥大学,我可以在德国进修必需的科目。我叔叔是个没主见的人,听我说得似乎有点道理,也就答应了。他并不怎么喜欢我,但我不能怪他,因为我知道,我也不是个讨人喜欢的孩子。再说,我的教育费都是我自己的钱[2],他也就随我怎么办了。我婶婶对我的计划也没什么意见。她是德国人,出生于一个贫穷的贵族家庭,家里有祖传的盾形纹章,她很为此自豪。我曾在别处也讲过,她虽然只是个穷牧师的妻子,却从来不愿去拜访附近的哪个富有的银行家夫人,因为她看不起那些经商的人。我到德国去留学,是她帮我找了海德堡的一户人家为我提供住宿,那是她通过她在慕尼黑的一个亲戚介绍的。

从德国回来,我十八岁,那时我对自己的未来就有了明确的想法。我比过去开心多了。我在德国尝到了自由自在的

---

[1] 法国东南部和意大利交界处的城镇,有名的疗养胜地。
[2] 毛姆父亲去世时留下约5000英镑遗产,毛姆和三个哥哥平分,各得约1200英镑,存入银行每年可得约150英镑利息,他叔叔就用这笔钱作为他的教育费。

滋味，一想到要再到剑桥大学去受束缚，我就受不了。我觉得我已经成人，应该有自己的生活。我感到一刻也不能浪费。我叔叔一直希望我和他一样做一名牧师，但他也知道，没有什么职业比做牧师更不适合我了——因为我口吃。所以，当我告诉他我不愿到剑桥大学去学神学时，他也就像他平时那样，随口就答应了。不过，我知道他们还是为我该从事哪种职业颇费了一番心思。

童年时代的毛姆，虽然父母早亡，他的叔叔还是让他受到了良好的教育，但他一开始就对学校教育感到不满。

好像先是说我应该去做公务员，为此我叔叔还特地写信给他一个在内务部身居要职的朋友，要他推荐推荐，但那个朋友回信说，现在已有公务员考试制度，要到政府部门谋职，必须通过考试，可推荐的职位一个也没有了。没办法，他们最后决定，我应该做医生。

我对医生这个职业并不怎么感兴趣，却让我有机会到了

一　我的人生路

留学德国时的毛姆,从德国回来后,他进了医科学校,却读了许多文学书、历史书,甚至哲学书。

伦敦,由此而积累了不少生活经验。1892年秋天,我考入圣托马斯医院的附属医科学校。最初两年的课程,我觉得枯燥乏味,所以我只是应付考试,对学业没有什么热情。我不是个好学生,但我很自由,这是我一直向往的。我很喜欢有自己的住处,在那儿我想做什么就可以做什么;我把住处布置得很舒适,为此我扬扬得意。我把所有课外时间都用来读书和写作,而不像其他学生那样用来自修。我几乎不读医学书,而是大量读文学书。我的笔记本上记的都是我读了小说和剧本后的感想,以及我自己尝试写的戏剧片段,还有我对人生和世界的非常认真、非常幼稚的思考。因为我忙于做这些事情,所以对医院里的生活并不关心,也没有什么朋友。但两年后,我先在门诊部做医务助理,后到外科做助手,逐渐对医院产生了兴趣。后来我开始在病房里工作，就更有兴趣了。有一次我因解剖一具高度腐烂的尸体而染上脓毒性扁桃体炎，本需要卧床休息几天，但我没等完全康复就去上班了。我学的是妇产科，必须经过实习才能得到助产士证书。一旦得到证书，我就要到兰贝斯区的贫民窟去为那里的产妇接生。那地方既肮脏又混乱，连警察也不大愿意进去，但我背着的黑色医疗箱是我最好的保镖，那里的人不仅对我很友善，甚至对我很感激。有一小段时间，我在急诊室值班。那些日日夜夜把我累得筋疲力尽，但也使我兴奋不已。

二

因为我在那里接触到了我想接触的东西——普通人的生活。我在医院的那三年里，充分感受了人类所能表达的各种感情。这激发了我的戏剧本能，发掘了我的小说家潜力。直到四十年后的今天，我还清楚地记得一些人，还可以把他们描述出来。我当时听到的一些话，至今仍在我耳边回响。我亲眼看到人们怎样死去，亲眼看到人们怎样忍受痛苦。我既看到过期待、恐惧或解脱在人们脸上形成的表情，也看到过绝望在人们脸上留下的阴影；我还看到过勇气和毅力。我看到过从人们的眼神中表现出来的那种信心[1]，但那不过是幻想而已。我还看到过这样的傲慢，因为拒不承认内心的恐惧，他嘲笑医生无能，坚称自己绝不会死。

那时（当时大多数人都生活得很安逸，和平似乎是确定之事，繁荣也好像非常稳固），有一派作家夸大艰苦的道德价值。他们声称，艰苦是有益的；他们声称，艰苦能使人更有同情心，更加灵敏；他们声称，艰苦可为人们的精神世界开辟美好的新生之路，可使人们更接近神圣的上帝之城；他们声称，艰苦能增强性格的力量，能使人从粗俗中得到净化，从而获得更纯洁、更完美的愉悦。宣扬艰苦有益的几本书获得了巨大成功，这几本书的作者因此而住进舒适的别墅，天天美味佳肴，身体健康，声名卓著。我曾不止一两次而是十多次地记录过我的亲眼所见。我看到，艰苦不但无益，而且有害。由于生活艰苦，人会变得更自私、更猥琐、更狭隘、更猜疑。由于生活艰苦，人的注意力会集中在一些琐碎小事上。艰苦不会使人变得高尚，反而会使人变得不像人。我曾冷酷无情地说过，我们根本不能从自己的艰苦中获益，倒是可以从他人的艰苦中大大获益。

---

[1] 指宗教信仰。

所有这些经历，对我来说都是很有意义的。要做一个作家，我不知道还有什么比先做几年医生更好的锻炼了。是的，到律师事务所去做律师也能对人性有很多了解，但总的来说，你在那里应对的是完全有自控能力的人。那些委托人对你撒的谎，也许和病人对医生撒的谎一样多，但他们撒的谎往往合乎逻辑，你很难看透他们，看到他们身上的人性。再说，律师通常对委托人提供的材料更感兴趣，而不是委托人本身，因而可以说，他们是专业化地、间接地了解人性的。医院里的医生则不然，他们看到的是赤裸裸的人性。一般说来，病人若沉默不语，你是很容易让他开口的；不过，通常情况是，病人一开始就不想沉默。大多数病人都因为恐惧而撤除了所有心理防线，有时甚至连面子、尊严也顾不上了。他们没完没了地诉说自己的病情，直到别人不想听为止。对大多数人来说，遭到无数次拒绝后，又会变得特别拘谨。医生大多很慎重，都会倾听病人自诉病情；对医生来说，没有什么事情是私密而不能讲的。

既然这样，人性当然就会显露出来。但你如果没有足够的智慧，也是什么都发现不了的。如果你是个固执偏见、墨守成规的人，或者是个性格软弱、多愁善感的人，那你即使在病房里工作一辈子，最后到你退休时仍会像刚就业时一样无知。要在行医经历中懂得人性，必须有开放的心态，而且要对"人"这种东西感兴趣。我从来没有喜欢过"人"，但我很幸运，因为我毕竟还觉得"人"很有趣，而且从来没有对这种东西感到过厌烦。我不太喜欢说话，但特别喜欢听别人说话。我对别人感兴趣，但不在乎他们是否对我感兴趣。我也没有指导别人的愿望；别人错了，不关我事，我没必要去纠正。只要你冷静观察，就是从最乏味的人身上你也能发现许多有趣的东西。记得有一次我在国外，有个热心的女士开车带我出去游玩。一路上她说了许许多多废话，不是人人知道的常识，就是老生常谈的套话，我一句也记不得了。但她说的一句话，却像少数几句妙语一样被我记住了。那是在经过海边时，我们看到一排小房子。她对我说："那是周末牢房，你明白我的意思，就是周六关进去、周一放出来的地方。"这句话我终生难忘，忘记了一定会终生遗憾。

我不会在使我厌烦的人身上多浪费时间，也不会在使我着迷的人身上多浪费时间。我觉得社交是件很吃力的事情。我知道大多数人都会觉得聊聊天是很惬意的事，但要我聊天却很困难。我从年轻时起就严重口吃，稍长一点时间的交谈就会使我疲惫不堪。现在虽然好多了，但要我交谈，我仍会感到紧张。能抽身去读一本书，对我无疑是一种解脱。

三

我当然不会说，在圣托马斯医院度过的那几年使我完全了解了人性。我想，任何人都不会这样指望。我四十年来一直有意无意地关注人性，但仍然觉得人性难以理解。我仍很惊讶，我非常熟悉的人会突然做出一件完全出乎我意料的事情，或者突然暴露出某种我从不知晓的性格特征。或许是我在医院的经历影响了我对熟人的看法，因为我在医院里接触到的都是病人，而且大多数是无知无识的穷人。为此，我努力防止自己有先入之见。我从不轻易相信别人。我倾向于相信人性之恶，而不是人性之善。这是要想对生活抱有幽默感的前提。所谓幽默感，就是以人性的自相矛盾为乐趣。有了幽默感，你就不会相信什么伟大人物、伟大事业，而会发现伟大背后隐藏着的卑劣动机。发现这种内外矛盾使你非常兴奋，以致当你发现不了时，你可能会编造一个来自娱自乐。你拒不承认世上有什么真、善、美，因为你喜欢看到的是人性的矛盾和世界的荒谬。有幽默感的人一眼就能认出骗子，但永远看不到圣徒。或许，片面认识人性是你要为幽默感付出的代价，好在幽默感也给你带来补偿：你对某人的行为幽默地一笑，就不会再去生他的气了。有幽默感的人善于容忍，你耸耸肩，一笑了之，至多再叹口气，也就不会严厉指责他人了。你从不一本正经地辩是论非，而是满足于对人性的理解——其实，理解就是同情与宽容。

但我必须说明，我在圣托马斯医院的门诊部和病房里并非有意识地观察人性——因为那时我太年轻，根本不懂怎样观察人性——我是无意识地感知了人性。我在那里看到一些人，看到他们的所作所为，于是就把他们描述出来。我描述得可能并不完全合乎实际，我也知道他们中有人会不高兴。但是，要完全合乎实际是不可能的，因为不管怎样，我只能用我的眼光去看他们。如果是一个开朗、乐观、富有感情的人去看他们，看出来的当然会和我不一样，但我不是这样的人。我所能说的仅仅是，我看他们是前后一致的。我不像有些作家，从不观察生活，而是完全凭想象描绘出人物。或者说，他们是凭记忆描绘人物形象，而不是直接描绘活生生的模特儿。他们仅仅是把自己心中的幻象似是而非地表现出来，如此而已。当然，如果他们思想高尚或者气质高雅，他们就能给你描绘出高尚的或者高雅的画像。这些画像即使和熙熙攘攘的现实生活毫不相干，也不要紧。

但我从来就是用活生生的模特儿来绘制画像的。我记得有一次，在解剖室，辅导教师帮我复习人体构造。他指着一根神经问我，这是什么神经，我说不知道。他告诉我是什么神经。我说不对，因为他说的那根神经一般不在这个位置。但他坚持说就是那根神经。我抱怨说，那也太异常了。他笑着说，在解剖学上，异常是经常的。当时我差点恼羞成怒，但他的这句话我一直铭记在心。从那以后，我逐渐认识到，这句话不仅适用于解剖学，也适用于人性。正常的人性倒是很少见的，因为正常的人性是理想中的人性，是用人性的一般特征人为地组合起来的，而完全符合这些一般特性的人其实很少。我前面所说的那些凭想象描绘人物的作家，就是在表现不常见的正常人性，而不是生活中常见的异常人性。实际上，自私与慈爱、清高与贪欲、虚荣与羞涩、公正与鲁莽、懒惰与勤奋、勇敢与怯懦，都同时存在于一个人身上，而且看上去还相当和谐。你可能不信，不过时间长了，认识的人多了，你可能就信了。

我认为过去几百年里的人和今天的人没什么区别，只是在他们之间相互看来，要比我们今天看他们更加相似。否则，当时的小说家就不会这样表现他们。小说家当然要把某种人的特性表现出来，譬如，守财奴吝啬、花花公子浮华、暴食

青年时代的毛姆,虽然个子不高,但有一张英俊的脸和一双深邃的眼睛,打扮得很潇洒。

者贪吃。但很少有人想到,守财奴也可能浮华,也可能贪吃,这是我们经常看到的。更少有人想到,守财奴还可能是个诚实、正直的人,不但忠于职守,还热爱艺术。然而,当小说家表现他自身或他人的多重性格时,却被人指控为诋毁人性。据我所知,第一个有意表现多重性格的小说家是写《红与黑》的司汤达。他使同时代的批评家大为恼火,甚至圣伯夫[1]也严厉指责他(其实,圣伯夫只要深刻反省一下就会承认,截然相反的性格特点是可以在同一个人身上和谐并存的,因为他自己就是个多重性格的人)。于连·索雷尔[2]是历来小说家笔下最有意思的人物之一。不过,我认为司汤达没能把这个人物塑造得真实可信。其中原因比较复杂,在此暂且不谈。

---

1 夏尔·圣伯夫:19世纪法国著名文史学家、批评家。
2 于连·索雷尔:司汤达小说《红与黑》的主人公。

四

我在医科学校的那几年,除了使我对人性有所了解,还使我学到了一些科学知识,懂得了一些科学方法。在此之前,我只对文学艺术感兴趣。虽然医科学校的课程要求很低,学到的知识有限,但不管怎样,这些课程还是把我带入了一个新的领域,一个我过去茫然无知的领域。我逐渐懂得了一些自然法则。更为重要的是,我涉猎的科学领域是唯物论的,其中的观念和我自己的有些想法是相吻合的,所以我很乐意接受。这正如蒲柏[1]所说:"让人们想说什么就说什么吧,不要想让他们赞同你的意见,除非你的意见正好和他们的意见相合。"我很高兴地懂得了人的思维是人脑的一种功能,而人脑和身体的其他部分一样,甚至跟星星和原子一样,都是受因果律支配的;我很高兴地懂得了宇宙就如一台巨大无比的机器,其运作过程中的每个事件都是由前一事件所决定的。因此,宇宙就是宇宙本身,宇宙就是全部的存在,没有宇宙之外的存在[2]。这些科学观念不仅激发了我的戏剧潜能,还使我内心充满了一种令人激动的解放感。

---

1 蒲柏:18世纪英国桂冠诗人、古典派代表人物。
2 指上帝。

一 我的人生路

怀着年轻人的强烈愿望，我还接受了适者生存的理论。我已经很满意地知道了地球不过是宇宙中的一小块岩石，在绕着一颗逐渐冷却的二等星[1]旋转。现在我又很高兴地知道，人类不过是生物进化的一种产物，它不得不调整自己以适应周边的环境，而由于那颗二等星在逐渐冷却，当地球环境变得越来越冷时，人类终究会无法适应而灭绝。最后，当地球变成冰球时，所有生物都将荡然无存。我很乐意相信，人类是可怜巴巴的木偶，受冷酷无情的宇宙法则的支配，受亘古不变的自然法则的束缚，注定要在永无息止的生存竞争中挣扎，而最终，当然是失败而灭亡，不可能有别的结果。我还颇为得意地知道了人是受野蛮的自私欲望驱动的。所谓爱，无论是男女之爱，还是亲属之爱，都不过是大自然跟我们开的一个下流的玩笑，为的是骗我们交配而使物种延续。我认定，不管人类设定什么目标，都是自欺欺人，因为人除了追求自身的满足，不可能还会有别的什么目标。

有一次，我帮了一个朋友的忙（出于什么原因我没有仔细想，但我知道人的所有行为都是为了自己，我当然也不例外），他想对我表示感谢（其实他不必这样，因为我肯定不是

---

[1] 指太阳。

要他感谢我才帮他忙的），问我想要点什么，我想了想说，那就送我一本赫伯特·斯宾塞[1]的《第一原理》吧。我如饥似渴地读了这本书。但我不能理解斯宾塞为什么要对人类的未来感到悲伤，因为我很乐意看到这个世界变得越来越坏。想到遥远的未来，人类的科学和艺术已毫无用处，人类的后代只能蜷缩在山洞里，眼巴巴地等着极度严寒和永久之夜的降临，我还特别高兴。

那时，我是个极端悲观主义者，同时又是个极端享乐主义者，总想多多地享受生活中的各种乐趣。我立志要成为一名作家。为此，任何一个有利机会我都不错过，任何一本有益的书，我都读。

---

1 赫伯特·斯宾塞：19世纪英国哲学家、教育学家、社会学家、心理学家、社会达尔文主义倡导者。

我为自己设计人生

我经常自问，要是我全身心地投入创作，会不会成为一个更好的作家。很早的时候，几岁我记不清了，我就想人生只有一次，我要尽可能多做点事。仅仅搞创作对我来说是不够的。我要为自己设定一种人生，其中创作固然是重要部分，但我还要从事其他各种对人有益的活动，直到死亡为我画上圆满的句号。

我生来就有许多缺陷。我长得矮小，虽有点耐力，却没有多大的体力；我口吃，为此我很自卑；我的健康状况也不太好。我不喜欢运动，而运动是英国人日常生活的重要部分。不知是出于这些原因呢，还是出于其他原因，反正我和别人相处时有一种本能的畏惧感，使我很难和他们相互熟悉。我喜欢和单个人交往，而不喜欢一群人在一起聚会。我没有那种可以在社交场合向人展示的个人魅力。虽然多年后我学会

毛姆在钓鱼，像这样一个人或几个人的活动，他都要去试一试，但人多的活动，如舞会，他似乎羞于参加。

了在不得不和陌生人接触时装得很热情，但我从来没有初次接触就喜欢上什么人。我想我不会在火车车厢里和一个不认识的人打招呼，也不会在客轮上和同船的某个人说话，除非他先开口。我也没有酒量，不会三杯酒下肚后广交朋友，因为还没等酒精使我进入兴奋状态，我的胃就已经吃不消了，难受得要命。所有这些，对一个作家乃至对一个男人来说，都是严重问题。对此，我不得不慎重考虑。所以，我为自己设计人生，我为自己制定了一整套行为方式。我不敢说这套行为方式是十全十美的，但就我的先天条件和我周围的环境而言，我想，这是我能期待的最佳方式了。

亚里士多德在论及人类独特性时认为，植物和人一样也会生长，动物和人一样也有知觉，因而人类的独特性不在于此，而在于人有理性、人有灵魂。进而他又推论，人的肉体和感官是不重要的，重要的是人独有的理性和灵魂。所以，历代哲学家和道德家都贬低肉体和感官享受。他们说，肉体的快感是短暂的。但是，不管短暂不短暂，快感毕竟是快感。你在大热天跳进冷水里，虽然一会儿你的皮肤就对冷水不敏感了，但毕竟还是凉快了一会儿。对于各种感官享受，我一直都用我自己的方式加以体验，浅尝辄止。偶尔过度，我也不担心，倒是觉得很过瘾、很兴奋。这样可以防止因为老是保持适度而使人变得麻木，而且对身体有好处，可以使神经放松。当肉体获得满足时，精神也往往更舒畅。确实，有时在红灯区里看星星，比在山顶上看更明亮。肉体所能感受的最强烈的快感，就是性快感。我认识一些人，他们倾其一生享受这种快感。现在他们老了，我有点惊讶地发现，他们都觉得很满足，并不认为虚度此生。不幸的是，我因为生性挑剔，无法享受这种特殊快感。我总是保持适度，因为我要挑挑拣拣。不过，当我时不时地看到有人在那些公共情人[1]身上获得性满足时，我虽不羡慕他们，但还是很佩服他们：他们竟然连碎肉渣和烂菜叶都能吃得津津有味，难怪他们从不挨饿。

大多数人随波逐流，过着受无常命运摆布的生活。很多人受家庭出身和生活所迫，注定要在一条狭窄的人生之路上一直走到底，既不会左转，也不会右转。他们的行为方式就是在这条路上形成的。是生活决定人们，而不是人们决定生活。一般人只能这样，尽管这样的人生远不如自我设定的人生那样令人满意，他们也没有别的办法。但是，艺术家却与众不同，他们不是一般人。我这里用"艺术家"一词，并不是指有艺术成就的人，而是指所有以艺术创作为业的人。我本想找到一个更好的词，但用"创造者"一词似乎分量太重，因为创造要有独创性，而怎样才算独创又很难界定。若用"工匠"一词，似乎分量又太轻，因为木匠也是工匠，甚至可

---

[1] 妓女的别称。

以算是艺人。但不管怎样说，木匠的职业自主性还不如最拙劣的三流文人和最蹩脚的三流画家。所以，我只好用"艺术家"一词来指那些因从事艺术创作而在相当限度上可以决定自身行为方式的人。在其他行业，譬如说开业医生或开业律师，你可以自主选择哪些病人或哪些客户，然而一旦选定了，你就不再自主，你会受到职业规范的束缚，你要遵守某些行为准则。你的生活就这样被决定了。所以，只有我说的艺术家，或许还有职业罪犯，才能自主决定自己的行为方式，从而决定自己的生活。

或许是追求完美的天性在我年轻时就表现了出来，或许是因为我在生活中感悟到了什么，反正我为自己设计了一种人生模式。这样做的缺点是，我的灵活应变能力很可能一开始就被抹杀了。现实生活中的人和小说中的人物有一个很大的区别，那就是现实生活中的人是会随机应变的。有人说，生活基于直觉，用形而上学来解释生活是行不通的。这就是说，对于我们应该怎样生活，是不可能事先预设好的。而模式恰恰是事先预设的，其中不包括随机应变。此外，我觉得还有一个更大的缺点，那就是预设人生会使你过多地生活在未来。一直以来，我就知道这是我的一个缺点，而且还努力想改正，但总是徒劳。我除非强迫自己，否则绝不会留恋过去的时光,回味往日的甘苦;我即使在得到自己极其渴望的东西时,也只有片刻的喜悦,紧接着又会开始想象将来会怎样。我每次走在皮卡迪利街[1]上时,总是担心街对面会发生什么事情。这确实很傻。过去的事情不会再变,其好坏也可以确定,这是常识;将来总会变成现在,而且和现在不会相差很远,这也是常识。但是,常识对我不起作用。我并非对现在特别不满,现在的一切和我的人生模式并不相悖,我完全可以接受;然而,使我感兴趣的,还是未来。

---

[1] 伦敦的一条商业街。

我想知道人生的意义

我曾告诉过读者,我唯一能确定的,也许就是我什么都不能确定。我现在只是把自己对各种问题的想法提出来,别人同意不同意,我都无所谓。实际上,我在好多地方说过这样的话,虽然说的是真心话,但在有些地方我还是把它删掉了,免得有人说我啰里啰唆。尽管如此,我在这里还是要重申:请读者注意,不管我说什么,都是我的个人看法。我的看法可能是肤浅的,也可能自相矛盾。因为它们出自我的个人经历,又受制于我的个性、我的思想、我的情感和我的欲望,因而不可能像欧几里得[1]几何学那样有严密的逻辑。当我谈到戏剧和小说时,我或多或少还有一点从实践中得来的知识,而我现在要谈的是哲学家们思考的问题,在这方面,我

---

[1] 欧几里得:古希腊数学家,其著作《几何原本》是世界上最早公理化的数学著作。

的知识和一个多年来一直忙于生计的平常人相比,也多不了多少。

诚然,生活本身就是一门哲学,但这门哲学就像一个幼儿园,孩子们在里面只玩他们喜欢玩的游戏;他们只关心自己觉得有意思的事情,和他们没有直接关系的事情,他们就不闻不问了。在心理实验里,人们用老鼠来做实验,就是把一只老鼠放在一个迷宫里,看它能不能找到出路。这只老鼠

三十多岁的毛姆,此时他已是颇有名气的剧作家,但仍对许多事情感到很困惑。

东探探、西窜窜,很快就会找到出路,从而获得食物。我现在就像这样一只老鼠,要在哲学的迷宫里东撞西闯,试图找到出路。很可能,我还不及实验室里的那只老鼠,最后并没有成功。当然,也有可能,那里根本就没有出路。

最初把我引入哲学迷宫的是库诺·费舍尔[1]。那时,我在

---

[1] 库诺·费舍尔:19—20世纪德国哲学家。

海德堡听他的讲座。他在那里很有名气，那年冬天他开设的是关于叔本华[1]哲学的系列讲座，听讲者济济一堂，要想找个好位子还得提早去排队。费舍尔是个短小精悍的人，衣着整洁，圆圆的头，白头发梳理得很平整，一张红润的脸，一对机敏的小眼睛炯炯有神，但他扁平的鼻子却很滑稽，好像是被人一拳打扁似的，所以他看上去像是退休的拳击手，不像哲学家。他很有幽默感，而且也确实写过一本论幽默的书。那本书我当时正在读，现在已忘记得一干二净了。他时不时地会说句笑话，逗得听讲者哄堂大笑。他嗓音洪亮，是个口若悬河、善于辞令和鼓动人心的演说家。我那时太年轻也太无知，不很理解他所讲的一切，但我对叔本华古怪而独特的个性却有了一个清晰的印象，对他的生动而奔放的哲学体系也有了一点模糊的感觉。时隔多年，我不敢发表什么评论，只想说明一点，库诺·费舍尔的讲座与其说是严肃的哲学讲座，不如说是精彩的艺术表演。

从那以后，我就大量地读哲学书了。我发现读哲学书很有趣。确实，对一个把读书看作是一种需要和一种享受的人来说，哲学在各种可供阅读的重要科目中是最丰富多彩和引

---

[1] 阿图尔·叔本华：19世纪德国唯意志论哲学家、尼采的先驱。

人入胜的。古希腊令人兴奋，但从这方面讲，它能给你的激动却很有限；因为过了一段时间，你就把流传至今已少得可怜的古希腊文献以及有关的论述全都读完了。意大利文艺复兴也令人神往，但相对而言，这个题目较小。它蕴含的思想不多，其艺术方面的创造性价值也早已枯竭，所剩的只有优雅、妩媚和匀称（这样的性质，你也司空见惯了），因此你会感到厌倦，而对那个时期的人，你也同样会觉得厌倦，因为他们虽多才多艺，却是千人一面，像一个模子里铸出来似的。接着，你可以永无止境地去读那些有关意大利文艺复兴的论著，只是不等把这些材料读完，你就已经兴味索然了。法国大革命也是个很有吸引力的题目，其优点就是它具有现实意义。它在时间上离我们很近，因此我们只要稍稍发挥一下想象力，就能使自己置身于发动那场大革命的人群中。他们几乎可以说是我们的同时代人，因为他们的思想和活动至今仍影响着我们的生活。确实，就某些习惯而言，我们都是法国大革命的后继者。这方面的资料非常丰富，有关的文献浩如烟海，而且还在没完没了地出现，你始终可以找到新颖而有趣的材料来读。然而，它仍不能使你满意。由它直接产生的艺术和文学微不足道，你只能去研读发动那场大革命的那些人物，而关于他们，你越读就越会因为他们的猥琐和庸俗而感到惊讶。

出演世界史上最伟大的一场戏剧的那些演员，竟然那么可悲地和他们所扮演的角色不相配。最后，你怀着一丝淡淡的厌恶之情，抛开了这个题目。只有哲学永远不会让你失望。你永远不可能到达它的尽头。它就像人的灵魂一样多姿多彩。它真是了不起，因为它几乎涉及人类的全部知识。它谈论宇宙，谈论上帝和永生，谈论人类的理性功能和人生的终极目的，谈论人的能力及其局限。如果有人带着这些问题在这个神秘朦胧的世界里去游历而又得不到回答的话，它就劝说他心安理得地满足于自己的无知，教他退守为安，并且赋予他勇气。它启迪人的心智，同时也激发人的想象力。我觉得，它为业余爱好者提供了比给予专家学者还要多的冥思遐想，这样的冥思遐想趣味无穷，借此可以消闲解闷。

由于受库诺·费舍尔讲座的启发，我便开始读叔本华的著作，后来又几乎读了所有经典哲学家的重要著作。那里固然有许多东西我没法理解，而且即使我自以为理解的也未必真的理解，但我在读它们的时候却觉得趣味盎然。其中只有黑格尔[1]一直使我感到厌烦。这当然是我的不是，因为他对19世纪哲学思想的影响已证明了他的重要性。我觉得他过于冗

1　弗里德里希·黑格尔：18—19世纪德国古典哲学集大成者。

长曲折，不管论证什么总要兜个大圈子，实在使我难以忍受。不过，对其他柏拉图以后的哲学家，我都是像一个在异国旅游的游客那样兴致勃勃地一个接一个地读。我不是思辨地研读，而是像看小说一样，寻求兴奋和乐趣（我曾坦率地说过，我读小说不是为了受教育，而是为了乐趣，请读者谅解）。作为一个关心人类性格的人，我从这些不同的哲学家提供给我检验的自我表白中获得莫大的喜悦，看到了隐藏在各派哲学后面的一个个的人。当我看到某些人很崇高时，我就肃然起敬，而当我发现有些人很古怪时，又觉得好笑。当我随着普罗提诺[1]从一片孤寂中头晕目眩地跃入另一片孤寂时，我感觉到一种奇妙的欣喜；我虽然知道笛卡尔[2]从合理的前提得出了荒谬的结论，但他明快的笔调仍使我入迷。读他的书就像在湖泊里游泳，湖水是那么清澈，直见湖底，晶莹的波澜让你心旷神怡。我把初读斯宾诺莎[3]视为我生活中一次不平凡的经历，它使我充满庄严、崇高之感，就像仰望一片巍峨的群山。

我在读英国哲学时也许有点偏见，因为我在德国受到影

---

1 普罗提诺：古罗马哲学家，柏拉图主义创始人。
2 勒内·笛卡尔：17世纪法国哲学家，欧洲近代理性主义哲学代表人物之一。
3 巴鲁赫·德·斯宾诺莎：17世纪荷兰哲学家，欧洲近代理性主义哲学代表人物之一。

响，认为除了休谟[1]之外，其他英国哲学家大多是不值一提的，而休谟之所以重要，也是因为康德[2]批判过他。不过，我觉得英国哲学家不仅仅是哲学家，也是很出色的散文家。他们或许称不上是杰出的思想家（对此我不敢妄加判断），但不管怎么说，他们肯定是一批富有探索精神的人。我想，大概不会有人在读霍布斯[3]的《利维坦》时，不被他那率直爽快的英国作风吸引，也不会有人在读贝克莱[4]的《哲学对话》时，不为这位主教可亲可爱的魅力所陶醉。再说，康德固然把休谟的理论批驳得一无是处，但我觉得休谟那种优美、文雅和清晰的文笔却是无与伦比的。包括洛克[5]在内，英国哲学家写出的英文，确实可以成为所有注重文体的文人学士的楷模。

我每次想写一部长篇小说时，都要重读一遍《老实人》[6]，在自己心里确立一个标准，以此检验自己是否写得像它那样流畅、那样优雅、那样机智。我觉得，现在的英国哲学家在动手写作前，若都能认真读一遍休谟的《人类理解论》作为

---

1 大卫·休谟：18世纪英国不可知论哲学家、经济学家、历史学家。
2 伊曼努尔·康德：18世纪德国哲学家、德国古典哲学开创者。
3 托马斯·霍布斯：17世纪英国哲学家，英国近代经验主义哲学代表人物之一。
4 乔治·贝克莱：18世纪英国经验主义哲学家。
5 约翰·洛克：17世纪英国经验主义哲学集大成者。
6 《老实人》：法国哲学家、作家伏尔泰的哲理小说。

一种借鉴,那对他们一定大有好处,因为他们写出来的东西并不总是很出色的。也许是因为他们的思想要比他们的先辈来得严密,所以不得不使用一套自己创造出来的术语。但这样做很危险,因为当他们谈论到与所有会思考的人都密切相关的问题时,人们就会抱怨他们没有把意思讲清楚,往往叫人不知所云。据说,怀德海教授[1]的头脑是当今从事哲学研究的人当中最灵敏的,但我只是觉得可惜,他为什么就没有想到,应该把自己的思想尽量表达得清楚一点呢?斯宾诺莎就遵守一条很好的规则,那就是:他在表达事物性质时所用的词语,其含义绝不会背离该词语的一般含义。

虽然没有理由说哲学家不能同时又是文体家,但是好的文体并非自然形成,而是一种需要推敲和锤炼的技巧。哲学家不仅仅是在对其他哲学家和攻读学位的大学生说话,他们也在对直接影响下一代人思想的作家、政治家和知识界说话,而作家、政治家和知识界,他们当然欢迎一种简明而容易理解的哲学。众所周知,尼采的哲学是如何对世界的某些地区产生影响的,对它造成的不良后果[2],应该说也是众所周知的。但尼采哲学的流传,其实并不是靠他可能具有的深刻思想,

---

[1] 怀德海:20世纪初英国数学家、哲学家。
[2] 尼采哲学被认为是纳粹主义的先声。

而是得力于他生动的文体和简明的形式。哲学家如果不重视把自己的思想表达得通俗明了，那只能说明他考虑的仅仅是哲学的学术价值而已。

可以自我宽慰的是，我发现职业哲学家之间也往往会相互不理解。布拉德利[1]就时常明确表示，他并不理解和他争论的对方所持的究竟是什么观点，而怀德海教授有一次也说，布拉德利说的有些话令人不知所云。既然最杰出的哲学家都彼此不能理解，我们外行人常常会听不懂他们说的话，也就毫不足怪了。当然，哲学往往是艰涩的，我们对此应有思想准备。外行人读哲学，就像手里没有平衡杆又要走钢丝，所以只要他能平安地从钢丝上下来，就谢天谢地了。但是，这游戏够刺激，即便要冒摔跟头的风险也值得。

我在好些地方听人说，哲学是那些高级数理学家的专门领地。这使我百思不解。既然进化论学说认为，知识是为生存竞争的实际需要而发展起来的，那么和全人类利益密切相关的知识总和——哲学，又怎么可能仅仅属于一小群搞冷僻专业的人呢？我难以相信。尽管如此，要不是我有幸知道布拉德利也承认他对深奥的数理学知之甚微的话，我很可能会

---

[1] 赫伯特·布拉德利：19—20世纪英国哲学家，代表作有《现象与实在》。

望而却步，放弃对哲学的愉快探究了，因为我是没有数学头脑的。布拉德利也不是平庸的哲学家。我们知道，不同的人有不同的口味，要不是这样，也就没有人了。所以，不见得你一定要是个数理学家，否则就不可能掌握关于宇宙以及人类在宇宙中的地位、关于罪恶的根源以及现实的意义等正确理论，就像你不一定在品酒方面已训练得能准确说出二十瓶葡萄酒不同的生产年份，但照样能品尝葡萄酒的美味。

哲学并不是一门仅仅与哲学家和数理学家有关的学问，而是和我们人人有关。确实，我们多数人只是间接地接受某些哲学思想，而大多数人都不知道自己到底有什么哲学。而事实上，即使最没有思想的人也有自己的哲学。第一个说"泼翻了牛奶，哭也没用"的老婆子，就是一个自成体系的哲学家。因为她这句话的意思，不正说明后悔是无济于事的吗？这里就显示出一个完整的哲学体系。决定论者认为，你在生活中没有一个举动不是由你是怎样一个人所决定的。你不仅是你的肌肉、你的神经、你的内脏和你的脑子，同时也是你的习惯、你的见解和你的各种各样想法——所有这些，不管你对它们知道得多么少，也不管它们多么矛盾、多么偏狭、多么荒谬，它们都存在着，而且影响着你的行为反应。即便你从未说到它们，它们却是你的哲学。大多数人也许并不想用某种形式把它们表现出来。他们所有的，很难说是思想，至少不是有意识的思想，而是一种模糊的感觉，一种就像生理学家不久前刚发现的肌肉感那样的经验。这种感觉是他们各自从社会流行观念中获得的，同时又根据自己的经验稍稍加以改变。他们过着有秩序的生活，有这样一种思想和感觉的混合体就可以了。由于其中含有某些世代累积起来的智慧，它是和日常生活的一般需要相适应的。但是，我却想形成我自己的思维模式，而且从年轻的时候起就想弄明白，哪些是我必须去面对的重要问题。我极力想获得有关宇宙总体构造的知识，我想做出决断，我只需要考虑此生，还是只需要考虑来生？我想搞清楚，我是完全自由的，还是出于一种幻觉才自以为在按自己的意志行事？我想知道，人生是本来就有意义的，还是必须由我来赋予它某种意义？于是，我便开始杂乱无序地读各种各样的书。

我很早就放弃了宗教信仰

我首先关注的是宗教。因为我首先要解决这样一个问题：我活在这个世界上，只需要考虑这个世界，还是要把这个世界看作一个为来世做准备的地方，而真正需要考虑的是另一个世界？

我在写《人性的枷锁》时，专门用了一章写主人公如何放弃他从小被灌输的宗教信仰。有一位关心我的聪明女士读了这本书的打字稿后对我说，这一章写得不充分。我于是重写了一遍，但还是差不多，没有多大变化。这里的原因是，我写的是我自己的经历，而我当初这么做，显然其本身就没有充分理由。那是一个天真少年的理由，出自他的直接感受，而不是认真思考出来的。我父母去世后，我和叔叔住在一起。他是个牧师，五十多岁了，没有子女，要他来照顾我这样一个小男孩，我想他肯定是很不情愿的。他每天早晨和晚上都要做祷告，星期天要带我一起到教堂去做早晚两次礼拜。星期天是最忙的，我叔叔总是说，他是这个教区里唯一每星期工作七天的人。其实，他空闲得令人难以置信，因为他把教区的事情全都叫副牧师和教堂执事们去做了。尽管如此，我还是受到他的影响，很快变得非常虔诚。我叔叔在家里对我的教诲以及后来学校里教给我的东西，我都毫不迟疑地接受了。

但是，有一点又很快使我发生了变化。我进学校后不久，就发现我因为口吃而蒙受天大的不幸。别人总是嘲笑我、侮辱我。我在《圣经》里读到过，只要你信仰上帝，山也可以搬动，我叔叔对我说确实是这样。所以有一天晚上，我诚心诚意地向上帝祈祷，求他去掉我的口吃。对此我很确信，上床时心里想，明天早上醒来，我就能像其他人一样说话了。我甚至还想象，学校里的那些同学突然发现我不再口吃了，会有多么惊讶。然而，当我第二天早上满怀期待地醒来时，却发现自己依然口吃，一点没变。这真是可怕的打击！

我稍大一些后进了皇家学校。那里的教师都是牧师，又凶又蠢。他们讨厌我口吃，不是对我很冷漠（我宁愿这样），就是对我很粗暴。他们似乎认为，口吃是我的罪过。不久，我发现我叔叔很卑劣，除了过闲散日子，他什么都不关心。附近的一些牧师也差不多，他们有时会来拜访我叔叔。其中一个因为懒惰，把家里的奶牛饿坏了，被罚款[1]；还有一个因为酗酒，被革职。我听他们说，我们生活在上帝面前，人活着就是为了拯救自己的灵魂，而我看到的是，他们没有一个是这么做的。那时我虽然还真诚地信仰上帝，但我不论是在家里，还是在学校里，都讨厌到教堂去做礼拜。后来我去了德国，欣喜地觉得自己总算得到了解脱。但出于好奇，我在海德堡时还是到那里的耶稣会教堂去过两三次，看神甫做弥撒[2]。我叔叔虽然对天主教有一种自然的认同感（他属于英国国教的高教会派[3]，这一派在教会选举时会在花园的篱笆上大大地写着"这条大道通罗马"[4]），但他仍相信天主教徒是要下

---

[1] 当时英国为了保证牛奶供应，立法保护奶牛，在饲养奶牛过程中有过错的人要受到惩罚。

[2] 耶稣会属天主教（也称"罗马天主教"），其神职人员称为"神甫"，神甫布道称为"做弥撒"。后文提到的英国国教（也称"英国基督教圣公会"）属新教（也称"基督教新教"），其神职人员称为"牧师"，牧师布道称为"做礼拜"。天主教和新教虽然同属基督教，却是两个互不相容，甚至相互敌对的教派。

[3] 高教会派是英国国教中比较认同罗马天主教的一派，主张维护教会的高地位、高权威，故称"高教会派"。

[4] "这条大道通罗马"是套用谚语"条条大道通罗马"。谚语中的"罗马"是指罗马城，这里的"罗马"则是暗指罗马天主教。

一 我的人生路

地狱的。他对永恒的惩罚深信不疑。他仇视不信国教者[1]，认为政府容忍他们的存在是怪事一桩。不过，使他聊以自慰的是，他相信政府里的那些人也是要下地狱的。他认为天堂只属于信奉英国国教的人，认为我能在这一群人中间长大是上帝的恩惠。这就像我是英国人一样值得自豪。

然而，我却在德国发现，德国人也以自己是德国人为荣，就像我以自己是英国人为荣一样。我听他们说，英国人不懂音乐，莎士比亚只有在德国才真正得到欣赏。他们说英国是一个小店主的国家，而小店主在他们看来是肯定不能和艺术家、科学家、哲学家相提并论的。这使我很吃惊。这也使我在海德堡看神甫做弥撒时，注意到教堂里挤满了学生，而且人人都很虔诚。是的，他们和我一样，有他们的宗教信仰。而且，就像我认为他们的信仰是怪异的假信仰，他们也一定认为我的信仰是怪异的假信仰。

我想，我大概天生就没有什么宗教感情，我对那些牧师的言行不一感到震惊，或许只是出于一个年轻人的少见多怪；

---

[1] 指英国的天主教徒。16世纪之前，英国人都是罗马天主教徒。16世纪宗教改革时期，英国的许多地方教会脱离罗马天主教，自称国教（正式称呼是"英国基督教圣公会"），但仍有不少英国地方教会并未脱离罗马天主教，因而英国一直是有天主教徒的。

否则的话，我怎么会因为稍稍想了想就使自己发生那么重大的变化。我稍稍想到的是，如果我出生在德国南部——这并非不可能——那我就会在一个天主教家庭里长大，自然也就会成为一名天主教徒，而我现在不是天主教徒并不是我的过错，为什么天主教徒要对我另眼相看，甚至还要诅咒我。这太荒谬了，我以我的良心认定，这是不可接受的。接下来，我就轻而易举地得出了结论：这样的宗教信仰一文不值，上帝不会因为你是西班牙人或者是霍屯督人[1]就惩罚你。

如果我到此为止，只要不太无知的话，很可能会相信18世纪特别流行的自然神教[2]。但是，常年灌输到我头脑里来的各种信仰是相互纠集在一起的，有一种变得不可容忍，其他的也都不可容忍。这一可怕的信仰体系原本就不是出于对上帝的爱，而是建立在对地狱的恐惧之上，现在它像纸板房一样坍塌了。

不管怎样，我至少在理智上不再信仰上帝了，而且还有一种如获新生的喜悦感。不过，由于我只是在理智上不信仰

---

[1] 欧洲人对非洲西南部土著人的称呼。他们自称"科伊科伊人"，意为"人中人"或"真正的人"，主要分布在纳米比亚、博茨瓦纳和南非。

[2] 自然神教把上帝解释为非人格的始因，即认为上帝创造了宇宙和宇宙规则，在此之后上帝并不再对这个世界的发展产生影响，而让世界按照它本身的规律存在和发展。该教主要由18世纪法国启蒙思想家伏尔泰、孟德斯鸠、卢梭等人倡导。

一 我的人生路

上帝，在我的灵魂深处仍残留着对地狱之火的恐惧，所以，在我的喜悦感里仍夹杂着来自远古祖先的困惑与不安。我虽然不信仰上帝，但我内心深处仍晃动着魔鬼的阴影。

后来，我成为一名医科大学生，进入了一个全新的世界。我读了许多医科书，它们告诉我，人是一架机器，受机械法则的控制，当机器停下来时，人的生命也就终止了。我在医院里看到人们死去，惊恐之余便相信了书本上所说的东西。我自以为是地相信，宗教和上帝的观念是人类在进化过程中为生存需要而构想出来的，它们在过去——或许现在也是——体现为某种有利于种族生存的价值观，但那只能历史地予以解释而不能视为真实的存在。我虽自称是不可知论者[1]，但在心灵深处，却把上帝看作是一种有理智的人必须予以拒绝的假设。

然而，要是根本就没有那个会把我投入永恒之火的上帝，也根本就没有可以被投入永恒之火的灵魂，要是我只是机械力量的玩物，仅受生存竞争的推动，那么我就不明白了，像人们曾经教导过我的善，到底还有没有意义。于是，我开始

---

[1] 不可知论与可知论相对，即认为我们所知的一切都源自我们的感官，因而我们所知的世界是我们感官中的世界，至于世界本身是不是和我们感官中的世界一样，那是不可知的。

读伦理学。我用心啃完一部部令人生畏的巨著。我最后得出结论：做人的目的不是别的，只是为了寻求自身的快乐，即使是舍己为人，那也是出于一种幻想，以为自己所要寻求的快乐就是慷慨大方。既然未来是不确定的，及时行乐便是理所当然的常识。我认定，是与非只是两个词，行为准则不过是人们为保护各自利益而形成的一种规范。自由的人没有理由非要遵循它们，除非他觉得它们对他并无大碍。那时流行格言，于是我也把自己的信念写成一句格言，用以自勉："想做什么就做什么，只是别让警察盯上。"我到二十四岁时已建立了一套完整的哲学体系，它以两条原理为基础，即物的相对性和人的周期律。后来我才发现，第一条原理并不是什么新发现。第二条原理也许很深刻，但我现在即使绞尽脑汁，大概到死也想不出它究竟是什么意思。

我曾做过许多傻事

我犯过很多错误。我经常会有一种小说家常有的冲动，想在现实生活中模仿自己笔下的某些人物的某些行为。我曾故意试着做一些违心的事，而且因为虚荣心，拒不承认失败，坚持这样做。我曾过多地注意别人对我有什么看法。我曾为了逃避痛苦而做过无谓的牺牲。我曾做过许多傻事。我不做坏事，但我确曾做过不可忘却的傻事。如果我是天主教徒，我就会把这些事看作自己的罪行，并在受到惩罚或者得到宽恕后把它们忘记得一干二净。但我不是天主教徒，我不得不按常识来对待它们。对此我并不后悔，因为我觉得，我犯过的错误或许会使我对别人更加宽容。只是，领悟到这一点花了我很长时间。

我年轻时对人很不宽容。我记得有一次我听到有人说"伪善是邪恶向美德的致敬"，竟然也感到愤怒，其实这句话是古人说的[1],而我是第一次听到。我想,人应该有勇气承认自己的劣行。我虽然抱有真诚待人的思想,但我对人仍不宽容。这不仅是我的弱点,也是人性的弱点。我看到有人做事马虎,有人见风使舵,就觉得不可容忍。我从没有想过,其实我自己最需要得到宽容。

说来奇怪,我们好像永远不会把自己的过错看得像他人的那样不可原谅。这里的原因,我猜想大概是我们知道自己的过错是怎么产生的,所以就尽可能地原谅了自己。我们平时并不注意自己的过错,而当遇到麻烦不得不考虑时,我们也会发现自己的过错是可以理解、可以原谅的。说不定,我们这样对待自己是正当的,因为我们自身的错与对、好与坏都是我们的一部分,我们必须一起接受。

然而,在评判别人时,我们的自我却不是真实的自我,而是把对自己不利的一面掩盖起来的自我。举例来说:我们义愤填膺地指责他人说谎,但有谁敢承认自己也曾说谎,还不止一次,而是上百次?当我们发现有些伟人有软弱和狭隘的一面、有些大师有虚伪和自私的一面、有些名人有淫乱和纵欲的一面时,我们无不感到震惊,有些人甚至认为揭露公

---

1 这句话出自17世纪法国作家拉罗什富科的《箴言集》,意思是:伪善看上去像美德,实质上是邪恶。

众人物的性格缺点是别有用心。殊不知,人与人之间本来就没有多少区别,人人都是伟大与渺小、美德与恶行、高贵与卑劣的混合物。只不过,有些人的欲念强一点,有些人的机会多一点,这才得以在某个领域崭露头角,而就人的本性来说,他们和其他人并没有什么两样。就我而言,我认为我的行为并不比大多数人更好,也不比大多数人更坏。但我知道,如果我把自己内心的每个欲念都讲出来,人们一定会把我视为恶魔,尽管他们自己内心的欲念也和我差不多。

我不知道,人们一旦敢于正视自己的内心,是不是还有勇气指责别人。我们很大程度上生活在幻想中,我们的想象力越丰富,我们的幻想也就越多样、越生动。然而,当我们面对这些幻想时,有多少人敢于承认?我们一定会感到羞耻而装作不知道。或者,我们可能会大声说,你不能因为我们有淫荡的幻想就说我们淫荡,也不能因为我们有邪恶的幻想就说我们邪恶,如此等等。然而,我们的幻想和我们的行为一样,是我们的一部分。如果地球上有什么生物能感知我们内心深处的幻想,那么我们还是要对自己的幻想负责的,就如我们要对自己的行为负责一样。

人其实都很卑劣,然而对别人的卑劣,又感到特别愤怒。

歌德在《诗与真》[1]中讲到，他年轻时对父亲感到很愤怒，因为他父亲是法兰克福的一名卑劣的小律师，而他觉得自己的血管里流淌着贵族的血液。所以，他认为一定有一位王子曾来到法兰克福，遇见并爱上了他的母亲，于是就有了他——一位王子的后代。对此，我读的《诗与真》那一版本的编辑不无愤慨地在注解中做了说明。在他看来，像歌德这样一位伟大的诗人，竟然为了炫耀自己而不惜玷污母亲的名声，把自己说成一个私生子，实属卑劣。是的，确实很卑劣，但也并非不近人情，我甚至敢说这并不罕见。肯定有许多处于叛逆期的男孩有过类似幻想：幻想自己不是那个古板而守旧的父亲的亲生儿子；幻想自己的优良品质是从某个诗人、某个政治家或某个王子那里遗传来的。我对歌德晚年的高贵和庄严一直深表敬意，而他这样卑劣的自白，又使我感到他无比亲近。因为这表明，不管他写出了多么伟大、多么不朽的作品，他终究还是一个人。

我想，即便是圣徒在为自己的信仰献身时，或者在为人类的罪行祈求上帝的宽恕时，他们的内心仍受着欲念的折磨，仍在苦苦地压制着自己的贪欲和淫欲。众所周知，圣罗耀拉[2]

---

1 《诗与真》：歌德自传，全名为《我的生活：诗与真》。
2 圣罗耀拉：16世纪西班牙天主教圣徒、耶稣会创始人。

一 我的人生路

尽管在蒙塞雷特修道院做了最后忏悔并得到赦免，但他仍觉得自己罪孽深重，仍觉得自己为欲念所困，并为此而想自杀。在他皈依天主教之前，他一直过着和当时许多富家子弟一样的生活，颇以自己的出身为傲，通奸、赌博，习以为常。但他至少在通奸时的表现还不错，比较大方；他从不欺骗和他通奸的女人，一旦被人发现，他也敢于担当，从不推诿。如果说他内心感到不安，那是因为他无法原谅自己的欲念，和别人无关。

得知圣徒也会受欲念的折磨，对我们来说是一种安慰。当我看到那些受人尊敬的大人物端庄地坐在那里时，我经常自问：即使在这种时候，他们的内心不是依然很孤独吗？不是依然有一些隐秘的、卑劣的、肮脏的念头在他们的脑海里一闪而过吗？是的，这在我看来很正常，对所有人来说都很正常，而知道这很正常，也就会使我们对人对己都抱有宽容之心。如果这样能使我们幽默地对待最出色、最体面的朋友，或者能使我们不再那么苛刻地对待我们自己，我觉得也已经很不错了。当我听到法官在法庭上庄严宣判时，我总会自问，这个做法官的人平时会不会也像他宣读的判决书一样不讲人情？我很想在他的审判台上放一包卫生纸，以此提醒他：你和别人一样，也是一个人。

我步入中年时的感想

我向来比多数人更多地想到自己的年龄。现在，不知不觉间，我已不再年轻，而是步入了中年。我不免为自己正在一天天变老而惆怅。虽然就我的年龄而言，我的阅历较多，到过的地方也不少，再加上我读过许多书，思考的往往是超过自身年龄的问题。我似乎总是比我的同龄人老成一些。但是，直到1914年战争爆发后[1]，我才意识到自己不再年轻。那时我惊讶地发现，一个四十岁的人已经老了。不过，我还是安慰自己，那只是对一个战场上的士兵而言。但不久之后的一件小事，终于使我不得不承认自己老了。有一次，我约一位和我相识多年的夫人带着她十七岁的侄女一起共进午餐。餐后，我们叫了一辆出租车到另一个地方去。我让那位夫人

---

[1] "一战"爆发于1914年。

毛姆和西莉结婚，摄于西莉家门口。此时他四十三岁，西莉三十岁，但她已是第二次结婚，前夫是一位化学家。毛姆和西莉的婚姻仅延续了十二年即告破裂，而且毛姆认为这是他一生中最大的错误。

先上车。她坐到了后排的位子上之后，我就让她的侄女上车。没想到，她径直坐到了司机旁边的位子上，把后排她姑妈旁边的位子留给我坐。这是出于年轻人对一个中老年人的礼貌（这时已不再是女士优先）。我顿时意识到，她是尊敬我，因为在她看来，我已经老了。

发现自己不再被年轻人视为同辈,真是令人沮丧。你已经是老一辈人了。在他们看来,你的人生之路快要走完了。他们尊敬你、佩服你,却渐渐疏远你。因为说到底,他们喜欢和年纪差不多的人在一起,对你已经不感兴趣了。

不过,人到中年也有好处。年轻人要受到家庭和社会管束,中年人则比较自由。我记得中学毕业时我心里想:"以后,我就可以想什么时候起床就什么时候起床、想什么时候睡觉就什么时候睡觉了。"这样想当然太简单,因为你很快就发现,在文明社会中生活,其实只有相当有限的自由。譬如,你要想达到某个目标,你就得牺牲自由。当初觉得很值得,但到了中年,你会发现,为了这样的目标牺牲那么多自由,实在是得不偿失。我年轻时因为生性怯懦而被人看不起,现在到了中年,好像不觉得有人看不起我了。我从小体力不佳,一走长路就觉得吃力,但我又不好意思承认自己不行,总是硬着头皮走。现在就不必这样了。我向来不喜欢冷水,但多年来我一直洗冷水澡,到海滨去洗海水浴,只是因为我要显得和别人一样。我曾经因为要从高台上跳水而几乎精神崩溃,还因为打牌、下棋、玩球都不如别人而伤心难过。我的知识有限,许多事情都不知道,却又羞于承认自己无知。直到有了点年纪后,我才发现,说"我不知道"其实并不是什么难事。我觉得，到了中年，没有人再指望你连续步行二十五英里，或者在高尔夫球场上连打几场，或者从三十英尺[1]的高台上跳到水里，这一切都很好，会使你生活得很自在。我年轻时生怕自己不如别人，现在对我来说，不如别人也无所谓。我已经和自己妥协，不再强迫自己做这做那了。所以说，人到中年，确实不错。

---

[1] 1英尺约为0.3米。

我期待老年的到来

我不是悲观主义者。如果我是悲观主义者，那真是太荒唐了，因为——连我自己都很惊奇——我一生都很幸运。我完全知道，有许多人更应该获得我所获得的成功，只是他们运气不好罢了。反之，如果我也这里倒点霉，那里倒点霉，我就不会是现在的我，而会像那些天赋和我差不多，甚至超过我的人一样承受失败之苦。我这么说，是希望他们相信，我并不把我的成功自以为是地归因于我的才能，而是归因于某些我也无法解释的偶然机会。有些事情好像是不可能，但就是发生了。

我在身体上和精神上都有缺陷，虽然活得还算愉快，但我并不愿意再像这样活一次。那太没意思了。我不愿意再去经受一次因为天生有缺陷而带来的尴尬与窘困，再怎么样，幸福生活也因此大打折扣。我想，要是给我健全的身体和健全的心灵，我还是很愿意再到这个世界上来活一次的……

对于我现在拥有的一切，我并不怎么依恋，即使失去了，我也不会怎么惋惜。所以，即使失去一切，我想我还是会活下去的。但是，如果我觉得活着非常空虚，一点意思也没有，那么我大概不会苟且偷生，不会没有勇气离开一个已经没戏可唱的舞台。我不明白为什么会有那么多人把自杀看得那么可怕、那么可恶。说自杀是懦弱的表现，那纯粹是胡说。当一个人的生活中只剩下痛苦的时候，我赞成他自己结束生命。普林尼[1]不是说过，想死就死的权利是人对付苦难的天赋权利？撇开那些认为自杀有违上帝的旨意而将其视为罪过的人[2]，我认为自杀之所以会使那么多人感到可恶，是因为自杀者嘲笑了生命：他蔑视人类最强烈的求生本能，从而对人类的繁衍提出了可怕的质疑。

如果我还活着，我还会写几本书来自娱自乐，同时希望读者也能从中得到乐趣。不过，我并不认为我写的书还会对我的人生有什么实质性意义。房子已经造好。再造一个阳台，不过是为了在上面看看风景；再造一个亭子，不过是为了在

---

1 普林尼：古罗马作家、学者，有一部百科全书式的著作《博物志》传世。
2 指基督徒。基督教认为，生命是上帝给予的，只有上帝才能结束生命，因而自杀和谋杀一样有罪。

毛姆在家里，此时他已六十多岁，功成名就，生活舒适，但仍在思考人生到底有何意义。

里面乘乘凉、发发呆。如果不等我造好这些，死亡就已到来，那么在我下葬后的第二天就有人来把房子统统拆了也无妨，反正我把房子造好了。

不过，我还是期待老年的到来。阿拉伯的劳伦斯[1]死后，我读到一个朋友写的一篇文章，其中说，劳伦斯成名后总是

---

[1] 即托马斯·劳伦斯，英国人，一生富有传奇色彩，因其在"一战"中率领阿拉伯人抗击土耳其军队而被称为"阿拉伯的劳伦斯"，后死于一次摩托车事故。

超速驾驶摩托车，因为他很想在一次意外事故中结束生命，这样他就不用承受老年的屈辱和痛苦了。如果真是这样，那只能说明这个多少被人夸大的传奇人物有严重心理缺陷。他徒有勇气而缺乏理性。完整的人生应该包括青年、中年和老年。早晨的清爽和中午的阳光固然美好，但如果太阳一下山你就拉上窗帘，打开电灯，把宁静的夜晚拒之窗外，那你就太傻了。老年的乐趣虽然不同于青春之乐，但一点也不逊色。哲学家告诉我们，人是情欲的奴隶。那么，从情欲中解放出来，难道是小事一桩？愚蠢的人到了老年还是愚蠢，因为他年轻的时候就很愚蠢。年轻人很害怕老年，因为他以为到了老年还要做他现在很想做的那些事情。他错了。实际上，到了老年，他不会再想去爬阿尔卑斯山，也不会再想有哪个姑娘会和他上床。是的，即使他还有这样的欲望，别人对他却一点兴趣也没有了。所以，人到老年，死心塌地了，这样倒也免掉了相思之苦，免掉了常常把年轻男女弄得死去活来的相互嫉妒。除了这些消极的好处，老年还有积极的好处，那就是老年人的时间更加充裕，尽管这听上去好像有点矛盾。普鲁塔克[1]说，加图[2]八十岁时开始学希腊语，我年轻时觉得

---

[1] 普鲁塔克：古罗马传记作家、哲学家、历史学家，著有《希腊罗马名人传》等。
[2] 加图：古罗马政治家、演说家。

很惊讶,现在不再惊讶了。年轻人害怕做耗时很久的事情,老年人却很乐意做。还有,到了老年,见识总会多一些,所以在欣赏文学艺术时就有可能不像年轻时那样偏狭和武断。老年人倾向于自我满足,同时又不再受自我中心主义的束缚,真正地自由了,因而时不时地会有一种忘我的欢悦,但又不是刻意追求的。老年是人生的完成。歌德希望他死后还有生命,以继续做他生前没有时间做完的事情。但他不是说过凡事都要适可而止吗?而读他的传记,你又会惊讶地发现,他曾没完没了地把时间浪费在一些琐碎无聊的事情上。如果他对这些事情适可而止的话,或许就有时间完成他的崇高事业,那也就不必寄希望于死后了。

我走的是我自己的路

我二十几岁时,批评家说我蛮横;三十几岁时,他们说我轻率;四十几岁时,他们说我油滑;五十几岁时,他们说我能干;现在我六十几岁了,他们说我肤浅。反正,我走的是我自己的路,按自己设定的路线、用自己的作品努力去实现自己的理想。我认为,小说家不读批评家的文章是不明智的,应该锻炼自己在被人责难或被人赞扬时能同样淡定自如。这大有好处,因为有人说你是天才时你耸耸肩固然不难,但有人说你是傻瓜时也能这样,就不那么容易了。批评史表明,当代批评最可能错误百出。所以,在多大程度上重视批评,多大程度上忽视批评,小说家应该把握好分寸。批评家的意见纷纭不一,小说家想从中总结出自己的优点非常不易。何况,在英国一直有一种轻视小说的自然倾向。某个三流政客的自传、某个宫廷女官的传记都能受到批评家的认真对待,而六七本小说却会同时塞给一个写书评的人去评论。这个写书评的人为了招徕读者，通常又是不分青红皂白地把这些小说全都嘲笑一番。事实明摆着，英国人热衷于纪实作品，对艺术作品兴趣寥寥。既然这样，小说家想从批评中获益，当然也就难上加难了。

……

我们现在比以往任何时候都更需要权威批评家，因为现在的文艺界乱七八糟。我们看到作曲家在讲故事，画家在谈哲学，小说家在布道；我们看到诗人抛弃诗歌韵律，把诗歌写得像散文一样毫无节奏，而散文家呢，又试图把散文写得像诗歌一样有节奏。所以，现在急需有人来对各种艺术形式加以界定，使那些误入歧途的人明白，他们的所谓实验只会导致混乱。当然，要想找到一个对各种艺术形式都有发言权的人是不可能的。但是，有需要就有供应，我们还是希望不久的将来会出现一位文学批评家，像当年的圣伯夫和马修·阿诺德[1]一样，登上权威的宝座。这个人将大有作为。

最近我读了两三本书，书中都谈到要建立一门独立的学科——批评学[2]。但我不相信这能做到。在我看来，批评总是

---

1 马修·阿诺德：19世纪英国权威文学批评家。
2 意即批评要规范化。

毛姆在写作，他的小说大多具有自传性质，他的评论往往很辛辣，因而得罪了许多人，但他并不在乎。

具有个人性质，只要批评家够格，也就没有什么好反对的。对批评家来说，最危险的是他把批评当作创作。他的职责是对作品加以评估，然后为作家提供建议。如果他把自己看得像作家一样，那他就会迷恋于人类最虚玄的精神活动——想象，从而耽误了自己应尽的职责。批评家若写过一出戏、一部小说或者几行诗句，可能对他很有好处，因为这样可以使他对文学创作有充分体验。但是，除非他清楚地知道创作不是他的本分，否则他就不会是一个好的批评家。

当代批评之所以这样一无是处，原因之一就是当代批评家把写评论文章当成了副业。诚然，他们认为自己所做的是值得做的事情。殊不知，做一名大批评家不仅要有学问，还要有感染力。这种感染力不能是冷冰冰的、一本正经的,譬如要人们接受不感兴趣的事情,而必须是生动活泼的、令人愉悦的。他必须是心理学家和生理学家,因为他必须知道文学和人的心灵与肉体有何内在联系。他还必须是哲学家,因为他要从哲学中懂得沉思默想、不偏不倚和世事的转眼即逝。他不能仅仅知晓本国文学,他要在掌握文学普遍准则的基础上理解他国文学,并从中看出它的发展趋势,从而为本国文学指点未来的方向。他必须以传统为依托,因为传统是一国文学得以存在的关键因素,但他又必须尽可能地使传统合乎自然而不至于僵化。传统是向导,不是看守。他要有热心和耐心,更要有恒心。他读每一本书都必须是一次新奇的探险,然后用足够的学识和胆量对它做出判断。说白了,大批评家就是大伟人,他必须非常伟大,而且要伟大到能够心平气和地接受这样一个事实:他的批评不管多么伟大,都可能是过眼烟云。因为他很可能只对他那一代人做出了伟大贡献,满足了他们的愿望,而当新一代人出现时,他们很可能会有新的愿望,眼前展现的是另一条路。这时,他就一文不值了,会连同他的批评文章一起被扔进垃圾桶。

不过,只要这个人想到文学是人类追求的伟大目标之一,那么对他来说,这样度过一生也是值得的。

我的七十岁生日

昨天是我的七十岁生日。一个人每进入下一个十年,很自然会把它看作一件大事,虽然这并不合理。我三十岁时,我哥哥对我说:"现在你不再是年轻人了,而是成年人,必须做个像样的男人。"四十岁时,我对自己说:"年轻时代到此结束。"五十岁生日时,我说:"不要再自欺了,承认自己是个中年人吧。"六十岁时,我说:"现在该整理行装了,我将垂垂老矣,需将一生的账目总结一下。"于是,我决定退出戏剧界[1],专心写《总结》一书,回顾我这一生在人世间和文学中到底学到了什么、做了什么、得到了什么,以此自娱自乐。不过,在所有的生日中,我觉得七十岁生日最有意义。因为人活到

---

[1] 1933年,毛姆完成最后一个剧本《谢装》,1934年上演,他就此退出戏剧界,时年六十岁。

七十岁,向来被认为是人生寿命的定数[1],其余的时日是趁手持镰刀的时光老人不留意时偷来的,没有定数,偷到多少算多少。人活到七十岁,不能再说,我将垂垂老矣。他就是个老年人了。

在欧洲大陆,当一个有些名望的人到了这个年龄时,他们有一个很感人的习惯,就是他的朋友、同事、弟子们(如果他有弟子的话)会为他编印一部纪念文集以表敬意。在英国,则没有这种对知名人士表示敬意的习惯。我们至多举行一次祝寿宴会,而且还必须是确实非常有名的人。

H. G. 威尔斯[2]七十岁时,我参加了他的祝寿宴会,到场的有数百人。萧伯纳[3]发表祝寿演说。他个子高而瘦,白头发、白胡子,皮肤光洁,两眼有神,器宇轩昂地站在那里,抱着双臂说了一大通不无幽默的刻薄话,说得那天晚上的寿星和宾客都极为尴尬。尤其是他的爱尔兰腔调,听上去更加恶毒,好在许多人一时也没有听出来。威尔斯自己,则捧着稿子、头也不抬地念了一大堆答谢词,而且本性不改,在答谢词中也像他平时一样发牢骚,说他还不服老,如果有人认为这次祝寿宴会标志着他的社会活动的终结,那就错了,所

---

1 见《圣经·诗篇》第九十篇:"我们一生的年日是七十岁,若是强壮可到八十岁。"
2 H. G. 威尔斯:19—20世纪英国著名小说家、评论家、社会活动家。
3 萧伯纳:19—20世纪爱尔兰著名剧作家,以刻薄言论著称。

以他要严正声明,他将一如既往地为全世界的自由平等而奋斗,诸如此类,啰里啰唆,听得所有人都几乎要睡着了。

我的七十岁生日没有什么祝寿宴会。我上午照常写作,下午到屋后僻静的树林里去散步。我一直不明白,这树林里的树好像有点神秘兮兮,和其他地方的树不一样。它们一动不动地站在那里,沉静得有点可怕。栋树的树枝上挂着灰暗的藤蔓,好像披着一块破烂的裹尸布,胶树在这时节[1]又是光秃秃的,而野楝树上一簇簇的浆果都已经枯黄了。附近有几棵高大的松树,黑黝黝的,俯视着这些低矮的树。我总觉得这个萧条冷清的树林里有一种怪异的气氛,你一个人在里面,又好像不止你一个人,总有一种感觉,好像有什么东西从你身边经过,又好像有个人影鬼鬼祟祟地躲在树干后面,一路窥视着你。所以,你不免有点紧张,仿佛自己走进了一个埋伏圈,时时都会遭到暗算。

我回到屋里,沏了一杯茶,拿起一本书,一直看到晚餐的时候。晚餐后,我又看了一会儿书,玩了几把单人纸牌,听听无线电里的新闻,然后拿着一本侦探小说上床。在床上看完侦探小说后,我就睡了。整整这一天,我除了和我的菲

---

[1] 毛姆的生日是1月25日,正值严冬。

律宾女佣说过几句话,没有和任何人说过一句话。

我就这样度过了我的七十岁生日。我一直在思考。

两三年前,我和丽莎[1]一起散步,不知她怎么会说一想到人要变老就觉得害怕。

"别忘了,"我对她说,"到了老年,你自然就不会再想去做那些现在使你感到有乐趣的事情了。老年有老年的乐趣。"

"什么乐趣?"

"唔,你不需要再做你不想做的事情。你可以欣赏音乐、欣赏绘画、欣赏文学,这和你年轻时的感觉不一样,但也一样有乐趣。你可以冷眼旁观许多已经和你没有什么关系的事情,就像看热闹,这也是一种乐趣。就是到了你不太感觉到有什么乐趣的时候,你也不用害怕,因为这时你也已经不太感觉得到悲伤和愁苦了。"

我知道,我说这些话只不过是想安慰安慰她,而且我在说的时候就意识到,我所描绘的老年生活多少还是有些惨淡。事后我再想想,我觉得老年的最大好处还是精神上比较自由。也就是说,你不必再像中年时代那样对许多事情都要认认真真、斤斤计较。所以,你也就不大会妒忌某人、嫌恶某人,或者

---

1 丽莎:毛姆的独生女。

怨恨某人。我相信，我对任何人都不妒忌。我尽量做好我自己的事情，并不妒忌别人做得比我好；我努力获得最大成功，并不妒忌别人获得更大成功。相反，我倒很愿意把我占了这么久的这点地位[1]让出来，由别人来替代。我不在乎别人对我会怎样想。他们接受我也好，嫌弃我也好，我都不在乎。要是他们喜欢我，我也只是稍稍有点得意；要是他们不喜欢我，我也没有办法，不喜欢就不喜欢吧。我早就知道有些人对我的有些言行很反感，那很自然，没有人会什么人都喜欢。不过，他们对我反感，我对他们倒不反感，只是觉得有点困惑，搞不懂他们为什么就不能容忍我这么个人。

　　作为作家，我也不在乎别人对我有什么想法。说到底，我想写的，现在都写出来了，接着会怎样，不关我的事。我

毛姆和他的独生女丽莎，摄于1942年。此时毛姆六十八岁，已和西莉离婚多年，丽莎已二十多岁，不和他一起生活。

---

[1] 毛姆于1954年获英国女王授予的"荣誉侍从"爵位，并成为皇家文学会会员，地位颇高。

们当中有不少人头脑简单,看到一个作家一时轰动,便以为他就此成名了。我对此向来不放在心上,我常常想,我本该用笔名写作的,这样就不会有太多人来注意我的私人生活了。实际上,我的第一部长篇小说[1]署的就是笔名,只是出版商告诉我,这本书出版后很可能会遭恶评,我不愿躲在一个假名后面,于是就署了真名。我想,大多数作家都不希望自己一死就被人遗忘,我也偶尔会自娱自乐地想,我死后可能会在多长时间里还有人记得我。

人们一般认为,《人性的枷锁》是我的最好作品。这部小说是三十年前出版的,从现在的销量来看,好像还有许多人在读。作为一部长篇小说,它已经相当长寿了。现在这一代人竟然会对它兴趣不减,真是出乎我意料,下一代人就不会再对这样冗长的作品感兴趣了。不过,到了那时,还有许多比它好得多的作品也照样会被统统忘掉。

我想,我有一两部喜剧或许还不至于太短寿,还能维持一段时间,因为它们是遵循从王政复辟时期到诺尔·考德[2]的传统方式写的,或许在英国风俗喜剧中可以占有一席之地。或许,它们还会使我在英国戏剧史上得到一两行记载。还有

---

[1] 《兰贝思的丽莎》,出版于1897年。
[2] 诺尔·考德:19—20世纪英国剧作家、作曲家。

我的几个最好的短篇小说,我想也可能会在今后较长时间里被选入各种短篇小说集,因为其中有几篇写到的风土人情会随着时间的推移而增添一层怀旧的浪漫色彩。我想,大概就这么两三个剧本和十来个短篇可以传之后代。是少得可怜,但聊胜于无,我也满足了。如果我彻底想错了,死后一个月就被人忘得精光,那也没什么,反正我死了,什么都不知道。

十年前,我最后鞠躬告别舞台(这是常规说法,实际上我向来拒绝上台鞠躬[1],因为我认为这有失剧作家的尊严),那时无论是报界还是朋友,都不相信我真的会退隐,说我一两年后会卷土重来。然而,我没有,连想都没想过。

几年前,我决定再写四部长篇小说就不再写小说了。其中有一部[2],我已经写了;其余三部,我现在还不准备写。一部是具有16世纪西班牙风情的传奇小说[3],还有一部是写马基亚韦利[4]在罗马纳[5]和切萨雷·博尔贾[6]的交往——这次交

---

1 西方习俗,戏演完后,全体演员、导演、编剧要上台谢幕,对观众鞠躬,表示感谢。
2 即《刀锋》。
3 这部传奇小说即《卡塔丽娜传奇》,1944年出版。
4 马基亚韦利:15世纪末16世纪初意大利政治思想家,著有《君主论》《谈话集》和喜剧《曼陀罗花》等。
5 罗马纳:旧天主教教皇领地,在意大利东北部。
6 切萨雷·博尔贾:15世纪末16世纪初教皇亚历山大六世的私生子,曾任枢机主教。马基亚韦利以博尔贾的阴谋狡诈和卓绝的聪明胆识为楷模而著《君主论》。

往使他最后写了《君主论》一书。我准备把他们的谈话和他的剧本《曼陀罗花》中的一些内容交织在一起，写成一部小说[1]。我知道小说家常把自身经历当作小说素材，而他经历的事情可能很琐碎，要经由他提炼和想象才能写出引人入胜的小说。我准备把这个程序颠倒过来，从《曼陀罗花》的剧情推测马基亚韦利所使用的素材，也就是他可能经历过的真实事件，那一定很有趣。至于最后一部小说[2]，我打算写伯蒙赛[3]贫民区里的一个工人家庭。我在五十年前刚开始写作时，写的就是伦敦的那些走投无路的穷人，所以，我觉得再用同样题材写一部小说来结束我的写作生涯很有意思。不过，我现在还不想写，只是有空的时候把这三部小说在脑子里想来想去，当作娱乐。这是小说家在他的写作过程中所能得到的最大乐趣。小说写出来了，就不是他的了，他也就没有了想象人物言谈举止的乐趣。此外，我还觉得到了七十岁或者过了七十岁，我也写不出什么特别有价值的东西来了。动力没了，活力没了，想象力也没了。

在文学史里，即使对最伟大的作家的晚年作品，也往往惜

---

1 即1946年出版的《彼时此时》。

2 这部小说没有写。

3 伯蒙赛：伦敦东部泰晤士河南侧的工业区。

七十岁时的毛姆,他的长篇小说《刀锋》在这一年出版,他在这部小说中通过一个年轻人寻求人生真谛的故事,揭示了精神追求和实利主义之间的矛盾。

墨如金似的一笔带过,甚至只字不提。我自己也伤心地看到,我的有些朋友本是很有才华的作家,到了老年已力不从心,却还在写,结果写出来的东西令人大失所望。一个作家最好的交流对象就是他的同代人;对于下一代人,他应该明智地走开,让他们去选择他们自己的代言人。实际上,不管他愿不愿意走开，反正他们都不会理他。他说的那一套，他们根本不想听。

我觉得，在我用毕生精力绘制的图案上，我再也没什么东西可以添加了。我已经做了我想做的事情，我愿意就此收场。有一个征兆说明我这么做是明智的，那就是我向来都生活在对未来的憧憬中，而近年来我却发现自己越来越沉浸于对过去的缅怀中。这大概也很自然，当未来不可避免地变得越来越短时，过去也就变得越来越长。

过去我做什么事都要预先计划好，通常也都按计划完成。然而，现在还有谁做什么计划？谁说得准，明年或后年会发生什么？谁知道一个人活在这个世界上，今天能不能和昨天一样生活？我过去喜欢驾驶帆船在地中海上荡漾，而现在，我的帆船被德国人拿走了，我的汽车被意大利人拿走了，我的房子先是被意大利人占用，现在又被德国人占用。还有我的家具、书籍、油画，就算没有被洗劫一空，也都被弄得乱七八糟[1]。但是，我比谁都没有把这放在心上。我已经享受过豪华生活了；今后，只要有两个房间，一日三餐，还有一间

---

[1] 毛姆在意大利有一幢海滨度假别墅，还有帆船和汽车。此文写于1944年，正值"二战"期间，意大利被德军占领，此时毛姆虽不在意大利，但他是英国人，财产被占领军没收。

书房可以看看书，我就心满意足了。

我常常胡思乱想，想到自己年轻时的许许多多事情。我曾做过好几件后来使我后悔的事情，但我尽量不让它们困扰我。我对自己说，这些事情不是我做的，而是过去的另一个我做的。我曾损害过一些人，由于没法挽回，我就尽量对其他人好一些，也算是一种补救。我有时会懊丧地想起，当年我有好多机会可以享受爱情的甜蜜，最后都错失了。不过，仔细想想，错失也属必然，因为我过于敏感，事前总是热情高涨，甚至想入非非，而真到了亲密接触时，却又感到浑身不适而退缩了。我一点也不要求自己这样贞洁，但事实却是如此。

许多人说话啰唆，老年人更是唠唠叨叨。我向来是多听少说，但近年来似乎也渐渐染上了多嘴多舌的毛病，所以我一察觉，就马上闭嘴。因为老年人是被勉强接受的，必须处处谨慎。他要尽量不使别人觉得他讨厌。他不能硬挤在年轻人中间，这会使他们感到拘束、很不自在，直到他走开，他们才松一口气。如果他对此浑然不知，那他就是个呆头呆脑的笨老头。如果他过去在社会上还有点名声，那么他们或许会主动来和他交往，但他们并不是真的要和他交往，而是为了此后在同伴面前吹吹牛。如果他对此浑然不知，那他就是个木头木脑的傻老头。因为在他们看来，你就是一座山；他们来爬山，不是对山感兴趣，而是要到山顶上去看风景，然后好回去自我吹嘘一番。

所以，有人建议老年人还是和老年人交往为好，若能从中得到一点乐趣，那就算很幸运了。不过，被邀请去参加一个全是些将要入土的老年人的聚会，那实在不是什么好滋味。愚蠢的人老了不仅不会少一点愚蠢，而且比年轻的蠢人更加令人讨厌。有些老年人死不承认年老，硬装出一副年轻的样子；还有一些老年人死抱着过去，对现在的一切全都看不惯，满腹牢骚。我不知道，这两种老年人哪一种更叫人恶心。

既然年轻人不喜欢老年人，而老年人又觉得老年人讨厌；既然老年人的前景如此黯淡，那么对他来说，就只剩下和自己为伴了。我觉得和自己为伴非常惬意，胜过和任何人为伴，并对此深感欣慰。我从来就不喜欢闹哄哄的聚会，现在终于可以以年纪大了为理由，要么干脆不去参加，要么参加了，一觉得没趣就悄悄溜走。我越来越孤独，我也越来越喜欢孤独。去年我一个人住在康巴希河[1]河畔的一个小屋里，好几个星期不见任何人，但我一点不觉得寂寞，一点不觉得烦闷。是的，要不是酷热和疟蚊迫使我放弃隐居生活，那年夏天我还真不

---

[1] 康巴希河：在美国南卡罗来纳州南部，向东南流入大西洋。

一　我的人生路

愿意回到纽约去。

说来奇怪，一个人竟然需要那么长时间才会意识到大自然的恩赐。我直到最近才意识到，我从来没有头痛、胃痛，或者牙痛。前几天我在卡尔达诺[1]将近八十岁时写的自传里读到，他很庆幸自己到了这个年纪还有十五颗牙齿。我随即数了数自己的牙齿，还有二十六颗。我曾患过很多疾病，肺病、痢疾、疟疾等，我都患过；但我从不过量喝酒，也不吃得太多，所以直到现在，我的身体还算健康。

显然，一个人要想安度晚年，身体要健康一点，同时还要有适当的收入，否则也有问题。收入不需要太多，因为一个人的开销并不大。若生活放荡，花钱自然会像流水，好在老年人比较容易自我节制。糟糕的是年老了还很贫困，如果还需要别人接济，那就更加糟糕了。我感谢公众，他们不仅掏钱养活了我，还使我过得很舒适，甚至还能帮助一些需要我帮助的人。老年人往往有贪财的毛病，因为他们往往要靠金钱来购买他人的尊敬。我觉得我没有这种必要，因而也没有这种毛病。

除了对姓名和相貌的记忆不太好，总的来说，我现在的

---

1 吉罗拉莫·卡尔达诺：16世纪意大利医生、数学家，死前完成自传《我的一生》。

记忆力还可以,看过的书都不会忘记。不过,这也有不好的一面:世界名著读过两三遍后,因为熟记在心,我就觉得它们没有什么新鲜感了。现代长篇小说很少引起我的兴趣,只有那些数量众多的侦探小说除外,要不然,我还真不知道自己该怎样消磨时光了。侦探小说看的时候很有趣,看完了全忘记,正好用来消遣。我向来不看和我无关的书,至今还是不想看那些专供娱乐的书,不想看那些介绍人物事迹或者地域风貌的书,因为它们对我来说没什么用处。我并不想了解暹罗[1]的历史,也不想知道爱斯基摩人的风俗。我不想看曼佐尼[2]的传记,对科尔特斯[3]倒有点好奇,但看到他站在德利英[4]的一座山峰上时,也就满足了。我至今还津津有味地读我年轻时读过的那些诗人的诗,也有兴趣读当代诗人的诗。我庆幸自己活得够长,还能读到叶芝和艾略特[5]后期写的诗。我读约翰逊博士[6]的所有作品,还有柯勒律治、拜伦和雪莱[7]的几乎所有作品。只是,年老了再读这些世界名作,不会像当

---

1 泰国的旧称。

2 亚历山德罗·曼佐尼:19世纪意大利诗人、小说家。

3 埃尔南·科尔特斯:16世纪征服巴拿马的西班牙殖民者领袖。

4 德利英:原指整个巴拿马半岛,今指其东部。

5 威廉·叶芝和T. S. 艾略特:均为19—20世纪英国诗人。

6 塞缪尔·约翰逊:18世纪英国文豪。

7 柯勒律治、拜伦和雪莱:均为18—19世纪英国浪漫派诗人。

初那样心潮澎湃,永远不会了。譬如济慈[1]的《眺望天空的人》那首诗,我重读时就是找不到初读时的那种感觉,最后只好承认再也找不到了。这确实很可悲。

然而,有一门学问使我到了老年还深感兴趣,那就是哲学。当然,不是那种艰涩难懂的思辨哲学,而是和我们人人有关的人生哲学——"不关心人生之苦的哲学,都属枉自空论"。柏拉图、亚里士多德(有人说他枯燥,但只要你有幽默感,就会发现他还是很有趣的)、普罗提诺[2]、斯宾诺莎,还有许多现代哲学家,譬如布拉德利和怀德海,既使我兴奋,又使我沉思。因为他们和古希腊悲剧家一样,关注人生,关注人的命运。他们既令人震惊,又令人安逸。读他们的书,就像坐着一只小船在散布着千百个岛屿的海面上随风飘荡。

十年前,我在《总结》一书中断断续续地写下了我在生活、读书和思考中产生的关于上帝、关于灵魂不朽、关于人生意义和人生价值的一些看法[3]。在这些问题上,我现在的看法并没有多大改变。如果有必要重写,我想,应该把关于人生价值的问题写得更深入、更具体一些,因为这个问题在当

---

1 济慈:19世纪英国浪漫主义诗人。
2 普罗提诺:古希腊新柏拉图学派哲学家。
3 毛姆在六十岁时写自传《总结》,本文是他七十岁时为《总结》再版写的后记。

前更为迫切；还有关于本能的问题，也应该谈得更详细一些，因为有些哲学家似乎在这个问题上建造了一座宏伟的大厦[1]，而在我看来，在这个问题上建造起来的只能是没有根基的空中楼阁，就像打靶用的气球一样摇摇摆摆，而且很快就会被人一枪打爆。

现在，我离死亡又近了十年，想到这一天的到来，我并不比十年前有更多领悟。有好几次，我觉得自己在这十年里所做的事情是多余的，认识的人、读过的书、看过的绘画、雕塑和建筑、听过的音乐，全是多余的。

我不知道上帝存在不存在。任何想要证明上帝存在的说法都不能使我相信。古希腊的伊壁鸠鲁[2]说，信仰源于直觉，而我从未有过这种直觉。同时，也没有人解释得清楚，为什么恶会和仁慈的上帝并存。我一度对印度教的神秘观念，即把生、知、福均视为无始无终的观念很感兴趣，觉得这一观念似乎比其他按人的意愿想象出来的神祇更可信一些。不过，我也只是把它看作一种使我印象深刻的空洞观念。凭这一观念，既无法推导出世界的终极原因，也无法推导出世界的万

---

1 意指叔本华和弗洛伊德等人关于本能的论述。
2 伊壁鸠鲁：古希腊哲学家，强调感性认识的作用，主张人生的目的是追求幸福。

一 我的人生路

物众生。当我想到茫茫宇宙空间,想到无数相距几千几万光年的星辰,我只觉得恐惧万分,随便怎样也想象不出一个和我们长得差不多的造物主来[1]。我只能承认,宇宙的存在是一个人类智慧永远无法解释的谜。

至于生命的存在,我倒相信有一种"活性物质"是它的起源,正是其"活性",导致了复杂的生物进化。但是,这一切究竟有何目的(如果有目的的话)、有何意义(如果有意义的话),我还是茫然无知。我知道的只有一点,那就是所有哲学家、神学家或者神秘论者的说法都不能使我相信。如果真要我相信什么,我倒愿意相信,如果真有上帝,那么这位上帝在关注人类事物时应该是通情达理的,就如一个通情达理的人一样,会用宽容的眼光看待人性的弱点。

还有关于灵魂,人们是怎么说的?印度教徒把它称为"阿特曼"[2],他们认为灵魂来自永恒,回归永恒,是不息不灭的。这比认为灵魂寓于肉体的说法[3]更容易接受。他们主张灵魂的"绝对实在",从"绝对实在"中来,又回到"绝对实

---

1 《圣经·创世记》说,上帝按自己的形象造人。反过来说,上帝应该和我们长得差不多。
2 梵文Atman的音译,本义为"真我",印度哲学和印度教用它指灵魂的源头和归宿。
3 指基督教灵魂说。

在"中去。这是一种讨人喜欢的幻想；他们也只能认为灵魂就是这么回事。于是，他们相信轮回，从而进一步对恶与祸的存在提出人所能及的唯一似乎有理的解释，那就是假定恶与祸是前世罪孽的报应。但他们没有解释，为什么慈悲为怀的造物主要制造出罪孽来。

七十岁时的毛姆，此时他认为自己将不久于人世，但他后来又活了二十一年。

那么，灵魂究竟是什么？从柏拉图以来，人们对这个问题的回答不一而足，但大多数只是对柏拉图定义的修修补补。我们经常使用这个词，应该相信我们必有所指。按基督教的说法，灵魂是上帝赋予人的一种精神实体，它是独立的而且不会死。我们可能并不相信这种说法，但不管怎样，我们还是赋予了这个词以某种含义。如果我问自己，我说"我的灵魂"是指什么，我只能回答说，是指我的自我意识，也就是一个内在的我，包括我的思想、我的感情、我的经历和我的肉体上的某些偶然因素。

很多人不相信肉体上的偶然因素会影响灵魂的形成，但

一 我的人生路

就我而言，我比谁都相信这一点。假如我不是口吃，假如我再长高四五英寸，我的灵魂就会大不一样。我有点凸颚[1]，而在我小的时候，人们不知道儿童下颚是可以用金属托加以矫正的；假如当时他们那样做了，我的面孔就会和现在不一样，别人对我的反应也会不一样，因而我的性格、我对他们的态度也会不一样。所以说，用医疗器械就能矫正灵魂，你说是不是？我们都有体会，如果不是偶然遇到某个人，如果不是在某个时候到了某个地方，我们的一生可能会是另一个样子，因而我们的性格——我们的灵魂，也就会和现在大不一样。因为不管灵魂是思想、感情、经历等的混合物也好，还是独立的精神实体也好，反正可以觉察得到的灵魂就是性格。我想人人都会同意，痛苦，无论是精神上的痛苦，还是肉体上的痛苦，都会影响一个人的性格。我认识一些人，他们在贫困潦倒时妒忌、恶毒、卑劣，然而一旦获得成功后，竟然变得大度、和善、高尚。银行里有了点存款，或者社会上有了点名气，就能改变他们的灵魂，这是不是很怪？同样，我认识另一些原本慷慨、乐观、温和的人，由于贫困或者疾病变得吝啬、厌世、乖戾。所以，我无论如何也不相信，那么容

---

[1] 正常情况下，人的下颚比上颚稍稍后缩一点，但有些婴儿正好相反，下颚长得比上颚稍稍前凸一点，称为凸颚。

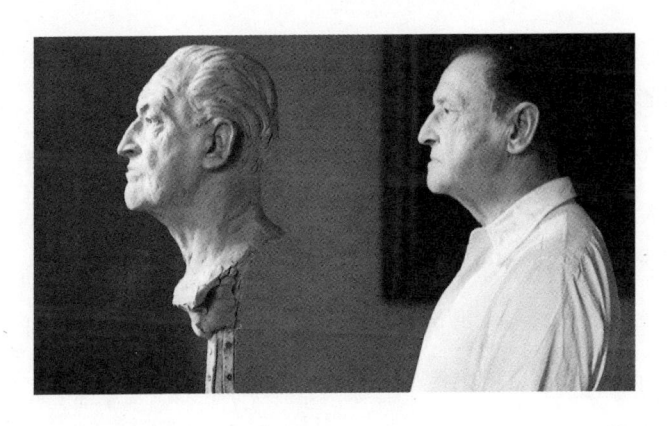

毛姆和他的塑像，他并不反对人们为他塑像，但他要人拍下这张照片，以此表明塑像并不代表他本人。

易随肉体变化而变化的灵魂，能离开肉体而独立存在。所以，当你看到死人时，你应该认定他们彻底死了。

有时，有人问我，愿不愿意把这一生再活一次。我这一生总的来说还不错，或许比大多数人都要好；但要我再活一次，我觉得没意思。那就像把一本看过的侦探小说再看一遍，太无聊了。如果真有来世——这是世界上大多数人相信的[1]——如果真的可以再到世界上来选择一种新的生活，我倒

---

[1] 在当时，信仰佛教的中国人、日本人、东南亚人，以及信仰印度教的印度人，还有非洲和美洲的土著人，都相信有来世。这部分人加起来，占了世界人口的大多数。

一　我的人生路

曾经想过，不妨试试，或许可以享受到我这一生因为环境和自身的限制而没有享受到的乐趣，或许还可以学到我这一生因为没有时间或者没有机会学到的东西。不过，即使对于这样的好事，我现在还是会谢绝。我已经活够了。我不相信灵魂不朽，也不希望灵魂不朽。我只想死得利索一点，死得没有痛苦。我深信，我的灵魂会随着我咽完最后一口气而化为乌有。我牢记伊壁鸠鲁写给米诺西厄斯[1]的信中所说的话：

> 你要牢记，死就是无。因为一切善恶祸福都存在于知觉，而死会使人知觉全无。知道死就是无，对人生的有限也就不再焦虑。虽然这么说不会使人生的期限有所延长，却能驱除人对不死的奢望。只要你相信，不活并不可怕，那么活着也就无所畏惧了。

---

[1] 米诺西厄斯：伊壁鸠鲁的弟子。

我在走向死亡的路上

我在美国住了很长一段时间[1]后回到英国,在伦敦重访我原先打算作为一部小说背景的一个贫民区。那里的有些人我原先就想把他们当作小说人物的原型,此外我还想再熟悉一些人。但我发现,那里已面目全非。伯蒙赛区已经不是原先的那个伯蒙赛区了。战争把那里全破坏了[2],人也死了不少,但过去失业的阴影却不再像乌云一样笼罩在我的那些朋友头上。他们原本住在到处是虫子的破旧房子里,现在已经住进了整洁的新建公寓房。他们不仅有无线电,还有钢琴,一周还去看两次电影。他们不再是一无所有的贫民,而成了小有家产的市民。这样的变化当然很好,但我发现的并不仅限于此。他们的情绪也变了。过去,尽管生活艰难,但他们总是

---

[1] 1943—1949年,毛姆住在美国,其间1946年去过一次法国。
[2] 指纳粹德国对伦敦的轰炸。

说说笑笑，相互很友善；现在却因为妒忌、憎恶、怨恨而对自己的生活极为不满。过去，他们从不埋怨自己的生活，现在却对比他们更富有的人愤愤不平。他们整天愁眉苦脸，牢骚满腹。有一家的主妇是我多年前认识的一个打杂女工，她对我说："他们扫掉了贫民窟和垃圾堆，也扫掉了这里的好气氛。"看来，我走进了一个陌生的地方。那里当然也可以找到小说素材，但我原先想要的那些东西都没有了。既然如此，我也就没必要写那部小说了。

在这五年里[1]，我或许还学到了一些过去没有的知识。我偶然认识了一位著名生物学家，因而对生物哲学至少有了一点肤浅的了解。这是一门既深刻又有趣的学问，拓展了人们的思维限度。从事科学研究的人似乎都同意，到了某个遥远的年代，地球上任何生命形式都将消失，而在那期间，人类会像许多不能适应环境变化的生物一样趋于灭绝。如果真是这样，你势必会得出这样的结论：进化论破产了，因为导致人类产生的原因很可能是自然界的一次大突变，就如基拉韦厄火山[2]爆发和密西西比河泛滥一样，是突然发生的。因为没

---

[1] 指他从七十岁到七十五岁的五年间。此文是他七十五岁时为《总结》再版写的后记，而在此之前，在他七十岁时，《总结》已再版过一次。

[2] 基拉韦厄火山：在夏威夷，是世界上最大的活火山之一。

有一个头脑清醒的人会否认，在整个人类历史过程中，人类遭遇的不幸远远多于他们得到的幸福。除了时而有一点间歇，人类似乎一直生活在危险和恐惧中，就如霍布斯所说，不仅在蛮荒时代，其实在任何时代，人的生活都是孤独的、匮乏的、卑贱的、残酷的、短暂的。每个时代都有许许多多人生活在这个悲惨世界里，唯有对来世的信仰给他们一

八十岁时的毛姆，此时他已完全做好死亡的准备，但他不知道，他还要再活十一年。

点安慰。他们或许是幸运的，因为对相信来世的人来说，信仰使他们不再去考虑用理智难以解答的人生难题。

有些人认为艺术有其自身价值[1]，而诗人和画家的艺术之所以感人，就在于生活的悲苦，所以，为了艺术承受生活的悲苦也是值得的。对这样的论调[2]，我嗤之以鼻。在我看来，有些哲学家的说法[3]才是对的，即认为艺术的价值在于它对

---

1 即审美价值。
2 即唯美主义艺术观。
3 即人道主义艺术观。

一 我的人生路

人生的实际效用,不在于美,而在于正义。也就是说,艺术要关注现实,否则就是空虚的。如果艺术仅仅给人一点快感,无论多么美妙,也没有多大意义,就如立柱上的雕刻,精美绝伦,但对支撑穹顶一点不起作用。所以,除非能引导人做出正义行为,否则,艺术只是知识阶层的鸦片而已[1]。

然而,我们终究不能指望用艺术来消除我们对人生的悲观情绪,而这种悲观情绪,早在《传道书》中就已经充分表达出来,堪称古已有之。我认为,面对可悲的人生,唯有视死如归的勇气,才是最美的。这种美远胜过艺术之美。我在帕迪·菲纽肯[2]身上看到了这种美,他在飞机行将坠毁时只说了一句:"没什么,伙计们。"我在奥茨上校[3]身上看到了这种美,他为了不拖累同伴,不动声色地独自走向死亡。我在海

---

1 毛姆到了晚年似乎背叛了他早年的艺术观:他在早年曾不止一次说,艺术就是给人以愉悦,而在这里,他却强调"艺术要关注现实"。然而从后文看,他似乎认为关注现实的艺术也没有多大用处。
2 帕迪·菲纽肯:"二战"时英国皇家空军飞行员,当时的王牌飞行员之一,也是英国皇家空军史上最年轻的中校。1942年7月15日,菲纽肯带领中队执行任务时,他的飞机被击中而起火,这时他通过无线电对其他飞机上的战友说:"没什么,伙计们。"接着,飞机就坠毁了。
3 奥茨上校:20世纪初英国南极探险家,在一次南极探险时感到身体不适,为了不拖累三个同伴,他独自离开帐篷,出去时对同伴说:"我出去一下,时间可能要长一些。"接着,他就死在南极的严寒下,时年四十二岁。

伦·瓦利亚诺[1]身上也看到了这种美,她虽然并不年轻漂亮,也没有读过多少书,但她为一个不是她自己的国家,竟然在受到地狱般的折磨后仍宁死不屈。

帕斯卡尔[2]有一段名言:

> 人只是一根芦苇,自然界最脆弱的生物,但他是一根会思考的芦苇。用不着动用宇宙力量来毁灭他,一阵风、一场雨就能置他于死地。然而,即使宇宙毁灭了他,他仍比置他于死地的宇宙更有尊严,因为他知道自己会死,知道宇宙比他更强大,而宇宙却对此一无所知。所以,人的尊严就在于他会思考。[3]

真是这样吗?当然不是。我想,现在人们对尊严的理解已经和那时不一样,所以我觉得把法语中的dignite(尊严)一

---

[1] 海伦·瓦利亚诺:侨居法国的希腊人,"二战"时法国被德军占领,她加入了法国抵抗组织,1944年被捕,因拒绝说出任何关于组织的情况而被处决,时年四十五岁。

[2] 布莱士·帕斯卡尔:17世纪法国数学家、物理学家、哲学家,其哲学著作有《思想集》《致外省人信札》等。

[3] 原文是法语,引自《思想录》第六编第三四七则。这段话是理性主义的最好表述,意同笛卡尔的名言"我思,故我在"。

一 我的人生路

词译成英语中的nobility（高贵）更为合适。有一种高贵不是人会思考，而是人天生就有的。它和文化无关，和教养也无关。它基于人的原始本能[1]。如果说人是上帝创造的，那么上帝在人的这种高贵面前也会感到惭愧。尽管人性有种种弱点乃至罪恶，但有时也会发出仁爱的光芒。也许是知道这一点，我们才不至于彻底绝望。

好了，这样的大问题不是我有能力谈论的，即使有也谈不了。因为我就像一个等在候船室里的旅客，不知道船何时会来；只要船一来，我就上船了。我没有到这个城市的各处去看看。我不想去看那些新建的高速公路，因为我再也不可能自己开车了；我也不想去看那座新建的现代化大剧院，因为我再也不可能出门去看戏了。我在家里看看报纸，翻翻杂志；有人好意借书给我，我也谢绝了，因为我不知道有没有时间把它看完，说不定哪天我就走了，永远不回来了。我在酒吧或者牌桌上偶尔认识的一些人，我也不想和他们深交，因为我的时日不多，说走就要走的[2]。我在走向死亡的路上。

1　指性爱本能。
2　实际上，他后来又活了十六年，九十一岁高龄时才去世。

二 我的人生观

我不知道上帝是否存在

当你读过作为世界各大宗教基础的那些教义后,会不无惊异地注意到,其中大部分是后人对原始教义的发挥。他们的说教、他们的榜样,已形成一种比他们自身更为重要的教规。我们大多数人听到别人的恭维总会感到困窘。奇怪的是,虔诚的教徒们在奴颜婢膝地恭维上帝时,却以为上帝会高兴。我年轻时,有个年长的朋友常邀请我到他乡间的家里去做客。他是个教徒,每天一早都要把家人聚到一起念祈祷文。但是,他却把《祈祷书》里的那些赞美上帝的段落全都用铅笔划掉了。他的理由是,没有比当面讨好别人更恶俗的事了。他是个绅士,不相信上帝会那样没有绅士风度。那时,我觉得他实在古怪。现在想想,我的这位朋友还真有道理。

人是有感情的。人是脆弱的。人是愚昧的。人是可怜的。要人承受上帝的愤怒,这事非同小可,似乎没有人承受得起。

不过，要宽恕他人的罪过倒不是太难，只要你设身处地为他人想想，总不难想到一定有什么原因使他做了不该做的事情，因而也总能为他找到辩解的理由。一个人受了伤害，出于本能会感到愤怒，会采取报复行动，很难保持超然态度；但是，如果仔细想一想的话，就有可能从局外反观自己的所作所为。这样，也就比较容易宽恕他人对自己的伤害，甚至比宽恕他人对他人的伤害还要容易。要宽恕他人对他人的伤害确实比较难，需要不寻常的反省能力。

每个艺术家都希望有人接受他的艺术，但对拒不接受的人也不会发火。上帝却不像艺术家这样通情达理。上帝要求人们信仰他，其迫切程度简直会使你觉得他好像只有用你的信仰才能证明他的存在。上帝许诺说，信仰他的人会得到恩惠，同时又威胁说，不信仰他的人会遭到可怕的惩罚。所以，我不信仰上帝。因为我不愿信仰一个我不信仰他、他就要对我发火的上帝；因为我不愿信仰一个还不如我宽宏大量的上帝；因为我不愿信仰一个既无幽默感，又不懂人之常情的上帝。在这方面，普鲁塔克就比上帝明智得多。他说：

> 我宁愿有人说从来就没有、现在也没有什么普鲁塔克，也不愿有人说，普鲁塔克是个反复无常、动辄发火、

摄于20世纪初的毛姆,他年轻时就是宗教怀疑论者,他虽不反对宗教,但并不相信宗教。

为一句闲话就要报复、为一点小事也要恼怒的人。

不过,尽管人们把自己都不愿意有的种种缺点放到了上帝身上,却不能就此证明上帝是不存在的。这只是说明,人们信奉的各种宗教就如在一片难以深入的密林里开辟出来的一条条死路,其中没有一条是可以通往密林深处的。至于人们用来证明上帝存在的种种理由,我请读者耐心地听我简单介绍一下。其中有一种理由认为,人有关于完美的观念;既然有关于完美的观念,也就有完美的存在,即上帝的存在。另一种理由认为,万事万物都有起因;既然有宇宙,也就有宇宙的起因,这起因就是造物主,就是上帝。第三种理由认为,依据自然法则,上帝必然存在。这一理由,康德说是最清楚、最古老和最符合人类理性的,而休谟则在他的《对话录》里通过其中的一个人物之口做了这样的表述:

> 大自然有其秩序和安排,终极原因奇妙地产生作用,每一部分和每一机制有其明显的用途和目的。这一切都清楚地说明,存在着一个智慧的源泉,或者说,一个伟大的创造者。

但康德并不同意这种说法,他认为这种说法并没有提出新的理由,和前面两种理由没有多大差别。所以,他提出了另一种说法。简单地说,康德认为,如果没有上帝,人的责任感就会失去根据,就会成为虚幻之物,而责任感是自由、真实的自我的必要前提。所以,从道德上说,我们必须相信上帝的存在。一般认为,康德的这种说法更多是出于他的道德理想,而非他的缜密思考。我倒觉得,这种说法比其他几种说法更有说服力。虽然这种说法现在已不时兴了，只在当作"学术观点"的佐证时才有人提到，但这种说法表明，人类从遥远的原始时代起就有某种对上帝的信仰，所以很难想象这样一种和人类一起进化的信仰，一种被最杰出的智者、东方圣人、希腊哲学家和经院派哲学大师所接受的信仰，到头来是毫无根据的。在许多人看来，这是人的一种本能，但情形也许是（只能说"也许"，因为没法肯定），除非一种本能有可能得到满足，否则这种本能便没必要存在。但经验表明，一种信仰的流行不论时间多长，都不能保证它一定是真理。由此看来，上述关于上帝存在的种种理由没有一种是充分有效的。当然，你也不能因为无法证明就否认上帝的存在。人总有畏惧感和孤独感，总希望自己和宇宙万物是和谐一致的。这些，既是自然崇拜或者祖先崇拜、巫术崇拜的根源，也是道德的根源，更是宗教的根源。虽然没有理由相信你希望有的东西就一定会有，但是也没有理由说，你无法证明的东西就一定不能相信。为什么你不能相信？就因为你觉得缺少证据？这不成其理由。我倒是认为，如果你凭本能感觉到有某种东西会使你在艰难之时得到安慰，会支撑和鼓励你的爱心，那么你就不必过问这种东西的存在有没有证据。信仰不需要证据，凭你的直觉就行了。

神秘主义不需要证明，只需要内在的信念。这种信念并不来自教义，而是源于人的自身需要；它完全是个人的，满足的也是个人的特殊需要。它使人感觉到自己生活于其中的这个世界是神秘宇宙的一部分，因而有其自身的意义；它使人意识到有某种力量在支持他和安慰他——这种力量就是"上帝"。神秘主义者时常会说到某种神秘体验，而且说得都差不多，所以我很难说这肯定是不真实的。说实话，我自己也曾有过一次这样的体验，其神秘性也只能用神秘论者描述灵魂出窍时的语言才能描述。当时，我正坐在开罗近郊的一座荒芜的清真寺里，忽然我觉得自己如醉如痴，就像伊纳提乌斯·罗耀拉坐在曼雷萨河边时的那种情形，仿佛有一种宇宙的神力将我笼罩，有一种和宇宙融为一体的感觉。我简直可以说，我好像觉得上帝就在我面前。毫无疑问，这种感觉是相当普遍的。神秘论者对此特别重视，因为他们认为这种感觉对人有明显影响，而且会有看得见的结果。我认为，除了宗教原因，其他原因也可能引起这种感觉。不仅圣徒们乐于承认，艺术家们也会有这种感觉。还有，就如我们所知，爱情也能产生类似的状态，所以神秘论者都喜欢用情人的言辞来表达那种极乐心境。我不知道另一种心理状态是不是更加神秘，那就是你有时会有这样一种强烈感觉，觉得自己眼前的情景好像是在过去什么时候经历过的。对于这种心理状态，心理学家至今还没有做出解释。神秘论者的灵魂出窍就算是真的，也只对他们自己有意义。在这方面，神秘论者和怀疑论者是一致的，那就是他们都认为，不管我们凭智力怎样探索，一个神秘的大谜团始终存在。

面对这个大谜团，同时出于对宏大宇宙的敬畏，以及对哲学家和神学家的解释感到不满，我时而会直接求教于穆罕默德[1]、耶稣基督、释迦牟尼、希腊诸神、耶和华[2]和太阳神[3]，甚至求教于《奥义书》[4]里的婆罗门[5]。那种神力（如果婆罗门是一种神力的话）既超越于万物之上，又是万物的来源，同时又将万物包容其间。这很难理解，但不管怎么说，至少它的混沌很能考验我的想象力。只是我多年来一直和文字打

1　穆罕默德：伊斯兰教创始人。
2　耶和华：犹太教信奉的上帝，也是基督教信奉的天父，即耶稣基督的在天之父。
3　太阳神：古代腓尼基人信奉的神。
4　《奥义书》(*Upanishad*)：印度上古文献总集《吠陀》(*Veda*)的最后部分，婆罗门教经典之一，音译"邬波尼煞陀"，约产生于公元前10世纪到公元前5世纪之间，是古印度圣贤传道授业的秘传，其中关于自我和宇宙起源的玄思对后来的佛教有深远影响。
5　婆罗门：既指印度四大种姓中的最高种姓，即印度教（也称婆罗门教）祭司，也指由婆罗门的祈祷而感知的一种神力，因而也译作"梵"，意为"清净"或"寂静"。婆罗门教、印度教名词，指不生不灭的、常住的、无差别相的、无所不在的最高境界或天神。

二　我的人生观

交道，不能不对这种说法有所怀疑。就是看一下我自己刚刚写下的这些文字，我也总觉得它们的意思是含糊不清的。尽管对宗教而言，万物之上有某个终极原因，也就是人格化的、至高无上的、仁爱慈悲的上帝，他的存在就像"二加二等于四"一样确定无疑，但我对这种神秘的说法仍然半信半疑。所以，我始终是个不可知论者，而不可知论的观点很实际：你自管做人，只当上帝并不存在。

我对《奥义书》的解读

《奥义书》是一部诗文并蓄的对话录，由寻觅真谛的远古智者所作。这些诗文，据说是神启，因而被认为是印度玄学的最纯正、最高级的表达，而其宗旨，与其说是寻觅真谛，不如说是抚慰人心的焦虑，使灵魂得到安宁。

《奥义书》语义隐晦，艰涩难懂，后世有许多人对它做过阐释，并以此佐证自己的学说。其中最经典的，我想就是商羯罗[1]。据说，商羯罗8世纪时生于印度南部，三十二岁时英年早逝。他聪慧绝伦，既是诗人又是哲人，更是印度教的一代宗师。他最卓越的成就是把《奥义书》里的哲理提取出来加以综合，以此创建了名为"不二论"[2]的学说。"不二论"即一

---

[1] 商羯罗（Sankara）：古印度圣徒，阐释《奥义书》而创建"不二论"。
[2] 也称"不二一元论"，其要义是：世界万物都是梵通过一种魔力——摩耶——创造而来，世界是下智的人对于真实梵的虚妄认识所引起。梵转变为世界是一种幻现的转变，如同有人把绳看成蛇一样。因而，世界万物及一切现象如同梦境、魔术现象或海市蜃楼一样不真实。唯一真实的是梵，认识的目的就是亲证梵我合一，达到解脱。

元论,也就是印度学者常说的"非二元论"。这一学说的要义有二(如果我没有理解错的话),即"梵"[1]和"轮回"。这两者之间的关系使人想起天文学家所说的双子星,即两者在一种神秘引力的作用下相互绕着对方旋转。"梵"是唯一的真,是非人格的,不同于基督教和伊斯兰教崇拜的人格神上帝和真主;"梵"是中性的,通常用"它"来指称。"梵"就是存在,无组成、无特质、无举止、无情感、无限制、无苦厄、无衰败且无始无终。它是万物之内在,无形无体,无可改变。它不可感知,因为它就是感知,所以感知也是自知。它是宇宙的本源,也是生命的本源。在人类出于恐惧和需求而产生的各种至高无上的绝对者概念中,"梵"或许是最深奥的,因而最令人望而生畏。

按《奥义书》,世界是"梵"的表现形式,或者说是"梵"使世界绵延不绝。但问题是:既然"梵"是无形无体、无欲无求的,那它为什么要把自己表现出来呢?对于这一问题,有两种较为普遍的解释。一种解释认为,这是"梵"的仁爱和慈悲的表现。可是,看看世界上无处不在的苦难,真

---

[1] 古印度语称作Brahmā,音译为"婆罗贺摩",也译为"婆罗门",原意为"清净""静寂",印度教将其引申为"本源",类似于西方哲学中的"无",即"无限""混沌"之意。

让人不得不想:"梵"还是不要表现出来为好。另一种解释比较有意思,即认为世界的由来是"梵"的自溢,也就是它像牛顿看到的那只不得不从树上落下来的苹果一样,不得不表现为这个世界。可是《奥义书》的作者既不知道几百万光年之外的星系,也不知道银河系有多少恒星,有多少绕恒星旋转的行星,即使关于地球,他们也知之甚少;他们看到的就是印度的一小块地方,也就是他们心目中的"世界"。仅就这点见识,实在很难想象出一位超越无限的创世者。

和我们今天认识的宇宙相比,《奥义书》里说到的宇宙实在小得可怜:总共只有十四个"域",全都存在于有限的时间和有限的空间中,只是这些"域"里的生物各不相同。"梵"在这一宇宙中把自己表现出来,就有了人的形象,叫作"自在天"。"自在天"是人格神,代表至高的精神,而且全知全能。他是第一推动力;他是世界的创造者和维护者,也是世界的毁灭者。世界源于他,也归于他,而他创造世界用的是"幻"。这是个很玄乎的概念,通常理解为"幻象",也就是指实体世界[1]具有欺骗性。这个世界既不是真实的,也不是不真实的,只是"梵"的表现而已。它的真实性存在于这样一

---

[1] 实体世界指可以用感官感知的世界,和心灵世界相对。

二 我的人生观

个事实中，即它表现为真实。也就是说，这个世界从本质上来说是虚幻的，但在人的感觉中，它又是真实的。印度的智者喜欢用比喻来解释这种虚幻的真实，譬如在夜里你看到一样东西，觉得是一条蛇，于是赶紧逃了，可是点起灯来一看，你看见的"蛇"其实是一根绳子。你把绳子看作蛇就是一种幻象，是虚假的，而绳子才是真实的，你可以用它来牵牛、绑船，或者上吊。和"幻"密切相关的是"妄识"，意思就是"愚昧"或者"无知"。就是因为"妄识"，你才把绳子看作蛇，才把幻象世界（也就是"梵"的表现）看作"梵"本身。

那么，为什么像"梵"这样具有神性的绝对者要表现为一个充满痛苦的世界？世界上有人荣华富贵，有人穷困潦倒，是不是都是"梵"的表现？这个问题，对于基督教来说，就是关于"恶"的问题，或者说，关于上帝是不是公正的问题。我想，读过《卡拉马佐夫兄弟》[1]的人一定还记得伊万在和阿辽沙讨论"恶"的问题时所讲到的那件可怕的事情。伊万相信上帝是公正的，恶人才会有恶报；可是，为什么一个无辜的孩子也要遭恶报？他对阿辽沙说，有个地主养了一群狗，一个农奴的孩子不懂事，朝狗群扔石头。这本是小事，但那个

---

1 《卡拉马佐夫兄弟》：19世纪俄罗斯小说家陀思妥耶夫斯基的长篇小说，描写卡拉马佐夫家族的堕落和崩溃，同时也表达了作者对宗教和道德的思考。

摄于20世纪20年代的毛姆,此时他对东方宗教深感兴趣,但经过一番研究之后,他觉得东方宗教和基督教一样,也不能令他信服。

地主竟然剥光孩子的衣服,还逼他奔跑,并放狗去追他。更为残酷的是,他还要孩子的母亲站在一边,看着孩子被一群狗活活咬死。伊万说,既然上帝允许这样的事情发生,那么上帝一定是邪恶的,所以他拒绝信奉这样的上帝。众所周知,"恶"的问题一直是一元论宗教无法回避的难题。对于这一难题，印度教用"轮回"和"业"[1]予以解答。他们认为，人的肉体死后，人的灵魂——他们称为"灵身"——不会死，而是转移到另一个肉体，可能是人的肉体，也可能是动物的肉体，视"灵身"的"业"而定。"灵身"从一个肉体转移到另一个肉体，就是轮回。好像没人知道，轮回观念是怎样在印度教徒的头脑中产生的。有人认为，这一观念旨在解释，在同一个源于神性的世界上，为什么有人富贵，有人贫贱；有人享福，有人受罪。但这仅仅说明了这一观念的作用，还未说明这一观念来自何处。更为合理的说法是，"轮回"观念是征服印度的雅利安人，从信仰万物有灵的印度土著人那里借用来的。那些土著人相信，他们死后，灵魂会附在树木或者动物身上。所以，说印度教徒相信轮回并不十分准确，而应该说，这种观念在所有印度人的头脑中都根深蒂固，从不怀疑，就如我们从不怀疑火会烧死人一样。"业"就是根据人在前世的行为决定其现世处境的法力。来世如何，则由前世和现世如何而定。如果你看到有些人无辜受罪，或者看到有些人生有残疾，或者看到有些人突遭不测，或者看到有些人重病缠身，你不能简单地说他们命不好，而要说他们前世作孽，因而现

---

[1] "业"也译为"业力""因果""报应""羯磨"等，印度教的重要概念，指个人过去、现在或将来的行为所导致的结果的集合，"业"是主导轮回的起因。

世报应。如果《卡拉马佐夫兄弟》中的阿辽沙是印度教徒，那么当他听伊万说了那件事后就会说：你不能责怪老天无眼，那个孩子如此惨死，乃是因为他前世作孽太多，所以要遭此报应；既然已得报应，他来世或许有福。确实，这为世上所有的不幸和苦难找到了合适的理由，但在我看来，人类智慧的最大堕落恐怕也莫过于此了。

印度教信徒死后，肉身——即他的躯壳、内脏——会被烧掉；但灵身——即他的意识、情感——因为不是物体，被认为是烧不掉的，而是带着它生前的罪孽或者德行，经过或长或短的停留，又进入另一个肉身，降临人世。"灵身"一词在梵语中是Atman，这个词的含义和英语中的Soul（灵魂）一词有很大区别。基督教所说的"灵魂"，是随每个人的出生而产生的，也就是每个人都有一个灵魂，而印度教所说的"灵身"好像有一定的数量，不增也不减。当一个灵身进入一个肉身时，就有一个人或者一只动物降生了[1]。灵身虽然要随着从这个肉身到那个肉身而变来变去[2]，但灵身不管经历过多少肉身，始终不会消失。灵身不是"梵"的一部分，因为"梵"是不可分的；灵身其实就是"梵"。这听起来多么怪异、多么

---

1 这在汉语中叫"投胎"。
2 即"轮回"。

可怕！想一想，这对我们来说，就等于要我们相信上帝就在我们每个人的肉体中，不仅善良、聪明的人是这样，杀人犯、强奸犯、小偷、骗子、强盗、痴呆、疯子……他们的肉体中也有上帝。这让我们怎样辨别善恶，怎样表达爱憎啊！这实在是太古怪了！

《奥义书》里说，"自在天"创世后过一段时间会退回自身，再过一段时间，他会再次创世。这期间，尚未进入肉身的灵身保持休眠状态。你不禁会问，为什么"自在天"要一次次重新创世？回答是：要让需要赎罪的灵身修炼自己。修炼没有尽头，因为没有开端，因为灵身本来就有罪孽，世界本来就是如此。如果你问，那么全知全能、至善至美的"自在天"为什么不创造没有罪孽的灵身呢？唯一较为可信的回答是：就如水往低处流，灵身总是要作孽的。就像没有心肺、没有大肠不成肉身，没有罪孽也就不成灵身了。罪孽是人必须有的，否则就不成其人了，就如（恕我用一个轻薄的比喻）没有苦艾酒调不出马爹利[1]——你尽可以调出其他各种各样的鸡尾酒，但就是调不出马爹利。

虔诚的印度教信徒努力领悟"梵"的奥义，时时反省自

---

[1] 著名鸡尾酒，原料为金酒和苦艾酒。

身的罪孽。他们清静寡欲，潜心修行，不动怒、不偷懒、不烦躁、不疑惑，因为只有这样，他们才有望跳出轮回，免于重生之苦。他们可以选择自己崇拜的神祇（如湿婆[1]，或者毗湿奴[2]），但必须牢记，所有神祇都是"梵"的化身（据说，商羯罗临终时祈求"梵"原谅他曾在某个神祇的庙宇里跪拜过）。所以，他们真正应该崇拜和冥想的是无形无体、无边无际而又无处不在的"梵"，并最终求得和"梵"融为一体。要达到这一境界，必须彻底忘却一切，忘却家庭、忘却朋友、忘却世界、忘却自我。如能这样，他们便到了修行的尽头，灵身不再轮回，而是融入了"梵"，从此无忧无虑、无烦无恼，当然也无欢无乐，甚至无知无觉[3]。

那么，我们不禁要问，他们这样还算是人吗？当然不是。为什么要做人？做人就是罪孽和苦难。而消除罪孽和苦难，就是印度教的宗旨所在。

---

1 湿婆（Shiva）：印度教三大神之一，毁灭之神。
2 毗湿奴（Vishnu）：印度教三大神之一，拯救之神。
3 这一境界即"涅槃"。

我不知道人生有何意义

如果你不相信人生是由上帝决定的,甚至不相信上帝的存在,那么你就必然会问,人生的意义何在。如果死就是一切的终结,人生既无天堂可期盼,也无地狱可惧怕,那么你就必然会问:我为何要活着?既然活着,又该怎样活?

对于第一个问题,回答是明确的,但非常令人沮丧,以致多数人都不愿面对:人活着,既没有理由,也没有意义。我们每一代人都只是短暂地存在于一颗行星上,这颗很小的行星围绕着一颗恒星旋转,而那颗恒星则是无数星系中的一个微不足道的星系中的一个微不足道的成员。或许,只有我们这颗行星上才有生物;或许,在其他行星上也有适合生物繁衍的物质环境,但不管怎么说,我们人类是在这颗行星上的物质环境中经历几十万年缓慢进化而来的。如果天文学家没有瞎说,那么这颗行星上的物质环境最终也会变得不适合生物繁衍，就如我们现在所知的其他行星一样（这或许才是常态），而且在此之前几十万年，人类就已经灭绝了。到那时，人类是否存在过，还有什么意义？那只是宇宙历史中的昙花一现，就如远古地球上曾出现过某种怪物，对我们还有什么意义？

既然如此，我只能自问：我活着对我自己有何意义？也就是说，我该怎样活，我该怎样在我的一生中最好地应对一切，从而最大限度地获得我想获得的东西？我这么说，不是我的理智在说话，而是我内心与生俱来的本能欲望在发声。这种欲望存在于每一个人的内心，它来自原始生物之所以会出现的生命之源，是每一种生物之所以能生存的基本动力。这是人的根本所在，也就是斯宾诺莎所说的生存极限——只求自我满足，"因为生存就是为了生存，没有其他目的"。

我们应该这样设想：在很久以前，人类为了应对环境而逐渐有了智慧，而且在很长一段时间里，人类智慧除了直接有助于生存，并没有其他用处；只是到了某个历史时期，人类智慧才超越实际需求、超越具体环境而被用于不可见的抽象事物。至此，人类开始想象，开始想回答自己提出的问题，其中就包括人生有无意义的问题。由于人的内心始终只求自我满足，因而对自身的重要性从不怀疑。他的自我满足无所

毛姆站在一幅抽象画前,他好像一脸茫然,不知道这幅画该如何解读。

不包,其中就包括要满足这样的想象:自己是不死的,至少,灵魂是不死的。对许多人来说,这样的想象很令人满意,因为这样一来,人生就有了意义,他们的虚荣心也就得到了安抚。

大多数人并不思考,他们被动地活在这个世界上;他们是盲目的奴隶,得过且过,唯一的动力是他们的生存本能。他们受生存本能驱使,时而这样做,时而那样做,直到什么也做不动了,就像一支烧光的蜡烛一样熄灭。他们完全凭本能活着。这或许比想象自己的灵魂不死要聪明一点。但是,如果你意识到人生有何意义的问题，而且认为灵魂不死的说法是不可信的，那你又怎么回答这个问题呢？

关于这个问题，有两个或许是有史以来最聪明的人，曾给出过各自的回答。对他们的回答，你只要稍加思考，就会发现两者其实大同小异，没多大区别；而且，至少在我看来，他们的回答也没有多大意思。亚里士多德说，人生的意义在于实现真理；歌德说，人生的意义在于实现理想。

我想，歌德的意思是说，实现自我，即充分发挥自己的才能和实现自己的愿望，是人生的最大意义。所以，他对不切实际的虚妄人生和随波逐流的庸俗人生都嗤之以鼻。确实，充分实现自我可以使你的每一种能力发挥到极致，从而使你最大限度地获得人生价值和人生乐趣。但是，要实现自我却困难重重，别的不说，就说他人的同样要求就会限制你的活动，使你无法实现自我。因而，赞成这一说法而又担心其不良后果的道德家便连篇累牍地表示，忘却自我、牺牲自我才是对自我最完美的实现。这当然不是歌德的意思，而是道德家的一厢情愿。虽然很少有人否认，自我牺牲也有其独特乐趣，而且就其为自我提供一种新的表现方式而言，还有其独特价值。但是，如果你追求的实现自我仅仅是处处退让、与世无争，那你还有什么成就可言！要实现自我，就需要关注自我，不为他人所动，而这势必会令人反感，甚至招来嫉恶。大家都知道，很多和歌德有过交往的人都对他很恼火，原因就是歌德只关心自己要做的事，从来不管别人有何感受。

我不相信生活是一场梦

我读了康德,觉得必须抛弃我年轻时一度入迷的唯物论,以及和它联系在一起的生理决定论。我当时并不知道康德体系已受到责难,只觉得他的哲学给了我一种感情上的满足。它启发我去思考那不可知的"物自体"[1],而我原先是满足于从现象方面认识世界的。它使我有一种心灵获得了解放的特殊感觉。不过,康德的那句格言,我却不大能接受。他说,人的行为必须遵循一种普遍律令。我是坚信人性的多样性的,因此不能相信他的这一要求是合理的。我认为,某人认为对的事情,别人很可能会认为是错的。就拿我自己来说,我最

---

[1] 也译自在之物,康德所用术语,指感官外的物体。(因为所有物体都是被人感知的,即感官中的物体,那么感官外有物体吗?应该有,也就是引起我们感知的那个物体,即物自体。那么,物自体和我们感知到的物体是一样的吗?不知道。说一样,没有证据;说不一样,也没有证据。)

大的希望就是别人不要来管我的事,但我也发现,并非人人都是这么希望的,要是我不去管他们的事,他们反而会认为我冷漠、自私、无情无义。

确实,你若研究那些唯心论哲学家,必然很快就会碰到唯我论问题[1]。唯心论总是要涉及唯我论的。哲学家们虽像受惊的小鹿一样躲避它,但他们的论述却又不断把他们带回到它面前来,而根据我的判断,他们躲避唯我论的原因,就在于他们不愿对此追根究底。这种理论对小说家来说倒总是很有吸引力的。因为它所宣扬的,也就是小说家平时所做的。它既彻底又不失优雅,因而具有无限魅力。我不能假定我的每一个读者对各种哲学体系都有所了解,因此请已有这方面知识的读者原谅,我将简短地解说一下唯我论。

唯我论者只相信他自己和他自己的经验。他所设想的世界,就是他自己的活动范围。他的世界只由他自己以及他的思想和感情组成,此外什么都不存在。任何可知事物,任何经验事实,都只是他心灵中的一种观念,没有他的心灵,它们也就不存在。对他来说,没有可能也没有必要去假设在他自身之外还存在着什么东西。梦和现实,对他来说是一回事。

---

[1] 即绝对唯心论,认为"存在就是(我的)感觉":凡是我感觉到的,就是存在的;凡是我感觉不到的,就是不存在的。这种理论难以反驳,但又和常识相悖。

"一战"期间的毛姆,在此期间他受雇于英国情报部门,在瑞士和俄罗斯从事间谍活动,这段间谍生活后来写进了他的间谍小说《艾兴顿》。

生活是一场梦,梦中所呈现的一切事物都是他自己创造的。这是一场持续而连贯的梦,只要他停止做梦,世界——连同它的美、它的痛苦和忧患以及种种不可想象的变化——也就不复存在。这是一种完美的理论,它只有一个缺点,就是不可信。

当我一心想写一本有关这些问题的书时,我想必须从头开始,于是我研究认识论。我发现,我探究的那些理论竟然没有一种能完全令人信服。在我看来,普通人(也就是哲家鄙视的对象,除非他的观点碰巧和哲学家相符,认为他们的理论极有价值)虽然没有能力判断那些理论是否有价值,但他或许有权从中选择一种最合他心意的理论。要是选择不下,又不想犹豫不决,我看暂时还是接受这样一种理论为好,那就是认为:除了被称为给定的某些基本感觉材料以及被推断的他人心灵的存在,人们对任何事物都无法确定。人们关于事物的知识都是假设,是由他们的心灵建构的,而他们建构这样的假设则是为了有利于生活。他们在进化过程中为了适应不断变化的环境,从这里或那里收集到适合他们目的的零星材料,然后拼成了一幅图画。这幅图画就是他们所认识到的现象世界,真实性也只是他们提出一种假设。要是他们收集到的是其他一些零星材料,而且把它们拼成了另一幅图画,那么这个不同的世界也会和我们现在自以为认识的这个世界一样和谐、一样真实。

很难说服一个作家相信,肉体和心灵之间并不存在密切的相互作用。福楼拜[1]在写爱玛·包法利自杀时,他自己也感受到砒霜中毒的痛苦,他的这种经验虽然只是一个极端的例子,但每个小说家都有类似的经验。大多数小说家在写作过

---

1 居斯塔夫·福楼拜:19世纪法国小说家,《包法利夫人》为其代表作。

程中会发冷和发热、疼痛,有时还会恶心。不过,他们又意识到自己的许多最得意的构思恰恰来自这种病态的身体状况。由于得知自己许多最深沉的情感、许多似乎从天而降的灵感,很可能是因为缺少运动或者肝功能有问题而引发的,他们便以某种嘲讽态度对待自己的精神活动了。这很有好处,因为这样他们才能把握和控制自己的精神活动。在我看来,在哲学家提出的有关物质和精神关系的各种理论中,就普通人而言,至今仍使我觉得最满意的是斯宾诺莎的看法,即认为思维实体与广延实体[1]是同一的,是同一种实体。当然,今天我们可以更为简便地称之为能量。伯兰特·罗素[2]曾提到过一种中性材料,并认为这种中性材料是同时构成精神世界和物质世界的最初的原料。他的这种思想,要是我没有理解错的话,与斯宾诺莎的看法并没有多大区别,只是用现代方式加以表述罢了。

---

1 思维实体与广延实体:斯宾诺莎所用的哲学术语,意思和后世哲学家所说的"精神与物质"相近。其中的"实体"和后世所用的"存在"一词意思相近。
2 伯兰特·罗素:20世纪初期英国数学家、哲学家、作家,曾获诺贝尔文学奖。

我不相信灵魂不死

相信灵魂不死不一定要信仰上帝，但这两者又很难分开。即使你朦胧地觉得人死后灵魂依然存在，并会融入某种混沌的灵魂世界，你也没有否认上帝的存在，只不过没有把灵魂世界称作上帝罢了。实际上，就如我们所知，灵魂和上帝总是联系在一起的，人死后灵魂会怎样总被认为是由上帝来处理的。这才给了仁慈的上帝奖赏善人的机会，也给了严酷的上帝惩罚恶人的机会。

关于灵魂不死的说法不一而足，但如果没有以上帝的存在为前提，所有这些说法就算不是胡说八道，也全都没有什么说服力。不过，我还是愿意把这些说法列举出来。

一种说法以人生的不完美为依据，即认为，我们生前总希望实现自己的理想，但由于外界的原因和我们自身的原因，我们的理想总不能实现，总有一种挫败感，因而需要不死的

毛姆讲究生活，这是他家里的客厅一角。毛姆成名后稿费丰厚，所以他不仅周游世界，还在意大利购置了一幢度假别墅和一艘游艇。

灵魂来弥补，消除这种挫败感。所以，歌德生前尽管做了那么多事情，获得了那么大的成功，他仍然觉得还有许多事情要死后去做。

与此相似的另一种说法以人的盼望为依据：既然我们能

想到灵魂不死，而且盼望灵魂不死，这不就表明灵魂很可能是不死的吗？要解释我们为什么会盼望灵魂不死，只有相信灵魂确实是不死的才有可能。

还有一种说法则强调，这个世界充满了不公和不义，人生有太多的愤怒、痛苦和困扰。恶人就像月桂树的枝叶一样繁茂。所以，人必然会有来世，这样才能公正地惩恶扬善。现世的罪孽要通过来世的行善弥补，因而老天爷不会让灵魂死去，因为唯有灵魂不死，老天爷才能表明他的公正和慈悲。

还有一种唯心论哲学家的说法，即认为人的意识不可能随肉体的死亡而死亡，因为意识的死亡是不可思议的，因为只有意识才能意识到死亡。他们继而又宣称，人生的价值仅存在于人的灵魂，而人生的最高价值，就是造就最完美的灵魂。既然如此，既然这是上帝的旨意，那么不难相信，上帝是不会让人的灵魂死去的。然而，正是在这一点上，这种说法露出了破绽。因为，就凭哲学家自己的日常经验也应该知道，绝大多数人并没有什么了不起的灵魂。说芸芸众生都有不死的灵魂，那也太抬举他们了，那是他们承受不起的奢侈品。他们太卑微了，根本不配得到永恒的祝福，就连永恒的惩罚，对他们也没必要。

于是又有一种说法，也是哲学家提出的，即认为凡是有可能达到完美的人,他们死后,灵魂会继续存活,而且继续努力达到完美,这之后,他们的灵魂才欢快地融入上帝的国度;而没有这种可能的人,其灵魂在他们死后就随即被仁慈地处理掉了。那么,到底具有怎样品质的人才有可能达到完美,才有可能享受这种有限的灵魂不死?我们仔细探究后发现,只有寥寥无几的少数哲学家才有这样的品质,真是令人失望!不过,就算这样,我们仍好奇地想问,这些哲学家得到这种奖赏后,他们的灵魂还有什么事情可做?因为曾困扰他们的哲学问题在他们活着的时候好像都已经解决了。所以,我们不得不猜想,他们大概会到贝多芬的灵魂那里去学弹钢琴,或者让米开朗基罗[1]的灵魂来指导他们画画。可是,除非人死后灵魂会变得面目全非,否则的话,这两位大师的暴躁脾气一定会把他们吓得望风而逃。

要知道某种信仰能不能接受,检验的方法就是问问你自己,你在日常生活中要买什么东西的时候是怎么检验的。你会只看广告,既不检验房产商的营业执照,也不检验房源信息,就买下一套房子吗?关于灵魂不死的各种说法,单独看就不可信,放在一起看就更加不可信了。有人或许会相信这

---

[1] 米开朗基罗:16世纪意大利雕刻家、画家、建筑师,意大利"画坛三杰"之一。

种说法，不相信那种说法，但在我看来，它们就像房产商在报纸上做的广告一样，都是不可信的。

我无法理解肉体死亡后灵魂怎么存在，因为我坚信肉体和灵魂是相互依存的。退一步讲，就算我死后我的灵魂还能存在，我也觉得没有多大意思；就算我的灵魂会融入一个神奇的灵魂世界，我也不觉得有多大安慰。那不过是有些人想出来骗骗自己的东西。对我来说，唯一有意义的存在，是肉体和灵魂的同时存在。

我不相信因果报应

一般人对哲学的兴趣是讲求实际的,他要知道人生的价值是什么,他该如何生活,他能赋予宇宙以怎样的意义。对这些问题,如果哲学家回避做出哪怕是尝试性的回答,那就是在逃避责任。现在,摆在一般人面前的最迫切的问题,就是有关恶的问题。

使人觉得奇怪的是,哲学家在讲到恶的时候,往往喜欢用牙疼作为例子。他们一本正经地指出,你不可能感觉到我的牙疼。看来,在他们舒适、悠闲的生活中,牙疼是唯一能感受到的痛苦,因此我们似乎可以得出结论说,随着美国齿科医学的改进,整个问题将不必再提了。我时常想,哲学家在获得学位,因而可以向年轻人传授知识前,最好是先花一年时间到某个大城市的贫民区里去搞搞社会服务,或者从事体力劳动来维持生计。只要他们看到过一个小孩是怎样患脑膜炎死去的,他们就会用另一种眼光来看待和他们有关的某些问题了。

倘若你不是这么紧迫地想到这个问题,那么在读《现象与实在》中论恶的那一章时还是会觉得它写得很诙谐、很有趣。其中的绅士风度令人震惊;它给你这样的印象:把恶的问题看得郑重其事其实有点无聊,虽然恶的存在不可否认,但也没必要大惊小怪;不管怎么说,恶被夸大了,而恶中也颇有善在倒是显而易见的。布拉德利坚持认为,就整体而言,根本就不存在痛苦。"绝对者"[1]大于它所包容的种种不和谐现象和所有差异。他告诉我们,就像一部机器,各部分产生的阻力和压力都为一个超越各部分自身的目的服务,"绝对者"的情形与此类似,只是层次要高得多。恶和谬误都服务于一个比它们自身范围更广的计划,而且在这个计划中才得以显现。它们在一个高于它们的善里面起着部分作用,所以从这个意义上说,它们在无形之中也是善。简言之,恶只是我们的一种错觉,仅此而已。

我很想知道其他派别的哲学家对这个问题是怎么说的。这方面的言论并不多。也许是因为对这个问题没什么可多说的,哲学家们都很自然地把重点放到那些便于他们发表长篇

---

[1] 即"上帝"的哲学代名词。

毛姆一家在用餐，中间是毛姆，左边是女儿丽莎，右边是妻子西莉，背对镜头的是毛姆的好友赫克斯顿，站着的是家里的佣人。

大论的题目上去了。而在他们不多的言论中，又根本找不到能使我感到满意的。我们或许会因为看到各种各样的恶而感到震惊，从而会变得好一点，但事实表明，我们又不能把这当作普遍法则。或许，勇气和同情要经历危险和苦难才会有，因而难能可贵；但是又很难想象，一个士兵冒着生命危险救下一个试图自杀的盲人，我们授予这个士兵维多利亚十字勋章，这对那个盲人到底有多大安慰。施舍表示慈善；慈善是一种美德。但是，这种美德是否减轻了一个靠施舍活着的跛子所承受的恶呢？恶就在那里，到处都有；精神痛苦、身体疾病、亲人死亡、贫穷、犯罪、作孽、希望破灭等等，数不胜数。哲学家对此是如何解释的呢？有的说，恶从逻辑上讲是必需的，否则我们无从知道善；有的说，世界从其本质上说就有善与恶的对立，两者从哲学上讲是相互依存的。神学家又是如何解释的呢？有的说，上帝使人间有恶是为了考验我们；有的说，上帝降恶于人间是为了惩罚人们所犯的罪孽。然而，我所见到的却是一个孩子无辜地死于脑膜炎。对此，我能找到的只有一种在理智上和感情上还能接受的解释，那就是灵魂轮回说。众所周知，灵魂轮回说并不把一个人的生命设想为从出生开始到死亡结束，而是设想为一个无限的生命系列中的一环，每一环的命运取决于前一环的所作所为。行善能使灵魂升入天堂，作恶则使灵魂堕入地狱。一切生命都有其终点，即使神的生命也有尽期，只有当超脱了生命的轮回之后才能得到幸福，即止息于被称为"涅槃"的不变境界。既然一个人相信他生活中所遭遇的恶是自己前世作孽所致，他也就不难忍受了，而且还会努力行善，以期来世得到善报。

确实，一个人对自己的不幸总比对他人的不幸感觉强烈

（就如哲学家所说，我不能感觉到你的牙疼）。但是，一个人又会因为他人的不幸而义愤填膺。对自己的不幸感到愤慨，这完全可能，但只有满脑子"绝对"理论的哲学家才会对他人的不幸无动于衷。要是真有"羯磨"（因果报应），人们就只能遗憾地、无可奈何地看待不幸了。若对不幸感到厌恶，不予理会，那就等于回避人生之苦的荒诞性，而这种人生之苦的荒诞性正是悲观论者所坚持的论点，对此还很难予以辩驳。但不管怎样，我仍然觉得这种理论就像我刚才所说的灵魂轮回说一样，是不可信的。

我不相信苦难会使人高尚

一

在人们为苦难辩护而发明出来的各种各样的理由中,我认为"苦难使人高尚"的说法最愚蠢。之所以有这种说法,是因为基督教必须证明苦难的合理性[1]。实际上,苦难不过是神经发出的信号,表示身体处于不适状态。如果说苦难会使人高尚,那就等于说危险信号会使火车高尚。我觉得,只要简单地看看周围的人,就不难明了,苦难绝不会提高人的修养,而只会使人变得低贱卑劣。

住院病人就是一个很好的例子:病痛的苦难使他们变得更加自私、更加烦躁、更加偏狭、更加贪婪。我可以说出一

---

[1] 基督教认为,人生来有罪,即"原罪"(也就是生来就有的欲望),人生就是赎罪过程。所以,基督教认为人生总是受苦受难的,因为只有经历苦难、洗涤"原罪"(也就是消除欲望),人的灵魂才能最后得救。

长串苦难的坏处,却说不出一个好处。贫穷也是一种苦难。很多人不得不生活在比自己富裕的人群中——我很了解这种人——他们深感自己贫困而痛苦不已。由此,他们往往会变得贪婪而卑鄙、奸诈而虚伪。这是贫穷和苦难教会他们的。如果他们稍富有一点,或许就不会这样,但在贫穷和苦难的折磨下,他们连最起码的羞耻心也没有了。

二

近来有人鼓吹,要通过文学来培养吃苦精神,我觉得这很可怕。我一点都不赞成陀思妥耶夫斯基对待苦难的态度[1]。我见过许多人受苦受难,自己也曾吃过苦。我在医学院学医时,曾在圣托马斯医院亲眼见过病痛的苦难对病人的折磨。大战[2]时,我自己也经受了这样的折磨[3],不仅是肉体上的,精神上也备受折磨。我从未见过苦难提升了某人的品格。说"苦难能使人完善、使人高尚",纯属胡言乱语。

苦难对人的第一个影响,就是使人变得心胸狭隘。那些

---

[1] 陀思妥耶夫斯基认为忍受苦难是一种崇高精神。

[2] 指"一战"。

[3] 当时毛姆染上了结核病。

人会变得极度自私，自己的身体、自己周边的一些东西，似乎重要得不得了，此外都是无关紧要的。他们还很容易发怒，老是在抱怨这、抱怨那，而实际上都是些鸡毛蒜皮的小事。我自己就经受过贫穷的苦难、失恋的苦难、希望破灭的苦难、被人轻视的苦难和受制于人的苦难，我知道这些使我变得自私、偏狭、多疑、冷漠、易怒。后来，成功和富足使我心情愉快，我就变得和善而大度了。

身心健全的人，充分发挥自己的才能，从中得到满足，也为他人带来欢乐。这些人精力充沛，头脑清醒。他们的智力不断增强，继而产生丰富的思想；他们的想象力可以超越时空；他们的审美观得到发扬光大，从而使整个世界变成艺术殿堂。他们会越来越完善，越来越有活力。然而，苦难却只会使人压抑或使人狂躁，它不会使人品格高尚，只会使人道德败坏。

是的，苦难有时会磨炼人，会使人变得有耐心，而耐心是一种品质，这当然没错。但是，耐心绝不是美德，而且通常只是一种为达到目的而使用的手段。对于想成就大事业的人来说，有时忍耐是必要的。但在日常生活中，如果一个人无处不忍耐，那这个人只能被视为窝囊废。耐心就像一座桥，譬如泰晤士河上的滑铁卢桥，它其实并不重要，重要的是泰

毛姆外出旅行前与亲友告别。毛姆曾到远东旅游，在中国逗留，并以此见闻写成散文集《在中国的屏风上》和以中国为背景的长篇小说《面纱》。

晤士河的两岸，也就是伦敦的两个市区，如果这座桥连接的不是这两个市区，它就不会那么有名了。一个集邮者再有耐心收集邮票，你也不会觉得他的品格有多高尚，因为他的耐心不会改变集邮的性质——一种古怪的爱好，对人生来说是无关紧要的。

三

有人说，苦难会使人顺从命运的安排，而顺从命运的安排是最好的人生之道[1]。在我看来,这样的顺从就是屈服于命运的暴虐;对命运掷来的石块毫不躲避,被砸得头破血流后还要表示感谢;对命运的棍棒毫不抵挡,被打得皮开肉绽后还要亲吻那根棍棒。这是奴颜婢膝,是弱者的品行。勇者是绝不顺从的,而会抗争,尽力摆脱命运的安排,尽管他知道希望渺茫,但只要有一线希望,他仍会抗争到底。

也许,失败是难免的,但一开始就屈服,那就成了双重失败。普罗米修斯被宙斯绑在悬崖上,受尽折磨仍不屈服[2],而另一个人被钉在十字架上,则恳请天父饶恕那些人,因为他们不知道自己在做什么[3]——在有些人看来,普罗米修斯远比那个人有勇气。对勇者来说,顺从几近于麻木,时而会屈从既不必也不该屈从的所谓命运。这是奴隶使出的最后一个花招,自我陶醉于奴性,以求自我安慰。

尽管人生的束缚难以解脱,但还是要奋力挣扎;尽管人生有饥寒、有贫困、有疾病、有孤独;尽管知道人生之路艰

---

[1] 暗指陀思妥耶夫斯基的人生观。

[2] 据古希腊神话,普罗米修斯因盗火给人类惹宙斯大怒,把他绑在高加索的山崖上,每天有一只鹰来啄他的心肝,鹰飞走后,他的心肝就又会长出来,第二天那只鹰又来啄,据说要啄三千年。

[3] 据《圣经·新约》,耶稣被钉在十字架上毫无怨言,他忍受了一切,还为那些把他钉上十字架的人祈祷,请求上帝饶恕他们的无知。

苦难行，长夜漫漫遥无尽头，但绝不承认苦难会有好处。即使到了筋疲力尽，再也无法把无望的挣扎继续下去，心中也要守住最后一个信念——正是凭着这一信念，我们才有勇气说，苦难是最大的邪恶。

四

苦难是有害的，认为苦难使人变得高尚简直荒谬至极。尼采美化苦难，甚至颂扬苦难，他是《伊索寓言》里那只断了尾巴的狐狸[1]。尼采宣称，苦难会使人更具影响力，性格更为坚毅。其实，稍加分析就可看出，他的这种说法只是表明了这样一个事实：经受苦难的人总想报复。尼采自己苦难不堪，于是就希望别人也这样——这就是他所谓的影响力。

---

1 《伊索寓言》中有一则，说的是一只狐狸被夹断了尾巴，就在其他狐狸面前极力表明，没有尾巴后比有尾巴好，并劝说其他狐狸把尾巴割了。当然，其他狐狸没有上当。毛姆用这个比喻，意即尼采自己身心都很痛苦，于是就美化痛苦、颂扬苦难。

我相信自由意志,也相信决定论

也许是因为自高自大,我从不追随哪怕是看上去比我聪明得多的人。我觉得我们大家都差不多。但我也知道,世界上没有两个一模一样的人(我们的指纹就是明证)。既然如此,我走哪条人生之路当然由我自己选择。我为自己设计人生。这种人生,我想可以称作是轻松愉快地实现自我:凡事量力而行,绝不勉强。不过,这里有一个问题是我不可回避的。这个问题虽然我解决不了,却不能不谈。我记得我曾多次说过,人有自由意志是理所当然的;也就是说,我可以决定自己的事情,可以按我自己的意志,想怎么做就怎么做。但我也记得,我在有些地方又说过,我相信决定论[1]。如果我是在写一部哲学著作,这样的自相矛盾当然是犯了大忌。但

---

1 决定论和自由意志论相反,认为凡事都由因果关系决定,个人意志无法改变其结果。

我不是哲学家，只是个业余爱好者，怎么能指望我来解决这么一个哲学界一直争论不休的难题？

一般人回避这个问题也许是明智的，但小说家却不能不注意这个问题。因为作为小说家，我发现读者总是要求我在讲述故事的时候严格遵循因果关系。我也曾说过，想在戏剧中用人物的冲动行为来推进情节发展是行不通的，观众绝对不会接受。这是因为，冲动行为是不自觉的，类似于本能反应，你无法预知它会在什么时候出现。当然，严格说来，冲动行为其实还是有其理由的，但往往不明显，好像是莫名其妙地出现的，所以放在戏剧里不会被观众所接受。无论是戏剧观众，还是小说读者，都要求知道人物做出某种行为的理由；如果理由不充分，他们就不相信、不接受。此外，人物的行为还必须符合其性格，也就是说，他的行为必须符合观众或者读者对他的了解和预期。如要他们接受某种意外或者巧合，尽管在现实生活中他们不假思索就会接受，但在戏剧或者小说中却需要创作者有相当高的技巧才能做到。总之，观众和读者无一不是决定论者，剧作家和小说家如果不注意这一点，那简直就是在瞎搞了。

然而，回顾我自己的人生，我却发现有许多对我影响重大的事情似乎纯属偶然。决定论认为，人总是选择最想做和

毛姆站在楼梯口，背景是毛姆收藏的油画，虽不是名作，但他很喜欢。

最容易做的事情；但我并不觉得自己总想做最容易做的事情，至于最想做的事情，那也是我有意识要做的，并非迫于什么压力。有一个老掉牙的比喻，说人生就如下棋，我觉得很有道理。棋子放在我面前,每一个棋子的走法都是规定好的,我必须遵守;我还必须遵守一次只能走一个棋子的规定。但是,走哪个棋子,朝哪个方向走,却是由我决定的:我想走哪个棋子,就走哪个棋子;想朝哪个方向走,就朝哪个方向走。所以,在这个层次上,我是自由的,是凭我的自由意志在下棋。我似乎经常会走出一些不合套路的走法,那也是出于我自己的盘算,有用没用并没有把握。现在我知道了,在通常情况下,我的许多走法绝对是错的。但不知何故,大概是我的对手不那么"通常",竟让我这样那样稀里糊涂地达到了目的。这是侥幸,我当然不希望自己犯那么多错误。不过,要是犯了错误而失败,我也不会后悔,因为那毕竟是我自己决定的,没什么可后悔。

认为宇宙间的所有一切,包括我们的思想、感情、行为,都是相互联系在一起的,而且互为因果,这种观点你当然不能说它不正确,但是,要断定某种结果是必然的,永远不会改变,那就要知道造成这种结果的全部原因,其中包括布劳德博士[1]所说的"终极原因"。而休谟早就说过,因果之间的某些内在联系或许是人类思维无法认知的。近来的"测不准

---

[1] 布劳德博士:20世纪英国哲学家,从事认识论、科学哲学、道德哲学、哲学史及精神现象研究。

原理"[1]也表明，有些物理现象的原因或许永远无法准确测定，从而使人怀疑最基本的科学方法——观察与记录——是否在任何地方都适用。看来，我们对偶然性要重新加以考虑。既然我们的行为并非完全受因果规律制约，那么我们的自由意志也就不能说只是一种错觉了。

这使主教们欣喜不已，因为自由意志一直是协助他们说教的老精灵，现在他们又可以抓起这只老精灵的尾巴，把它拖出来好好表现表现了。所以，即便不是天堂里充满欢乐，至少也是教堂里喜气洋洋。然而，赞美诗也许唱得有点早了。不要忘记，当今两位最重要的科学家并不认同海森堡的"测不准原理"。普朗克[2]认为，进一步研究将推翻这一怪异原理；爱因斯坦则把基于这一原理而做出的哲学推论称为"文学"，这大概是指责它凭空虚构的文雅说法。其实，这些哲学家自己也知道，而且说过，现代物理学发展迅速，只有不断关注最新发展才能了解最新情况。然而，根据这样一门正在迅速

---

1 "测不准原理"于1927年由德国物理学家海森堡提出，其要点是：原子内部的运动规则永远无法准确测定，因为要观察原子内部的运动必须打开原子，而打开原子就干扰了原子的内部运动。
2 马克斯·普朗克：19—20世纪德国物理学家，最初提出"量子假说"，曾获1918年诺贝尔物理学奖。

发展的学科[1]而提出这样一种哲学推论的人,恰恰是率先支持爱因斯坦狭义相对论并为此写出动力学方程的那位物理学家。这当然太轻率了。不过,薛定谔[2]自己也承认,在目前情况下,要对这一问题做出最终判断还为时过早。对这一问题,一般人完全可以骑在墙上不做选择;不过,为谨慎起见,我觉得最好还是把两条腿都放到决定论一边,随时准备往下跳。

---

1 指现代原子物理学。
2 埃尔温·薛定谔:20世纪奥地利物理学家,波动力学的创始人,因发展了原子理论而获1933年诺贝尔物理学奖,在哲学上确信主体与客体是不可分割的。

我觉得所谓人生哲学大凡虚假

我觉得，人生并不受制于所谓的人生哲学，而往往是受人的欲望、本能，甚至人性的弱点所支配。

有一天晚上，我和B君聊天，谈到人生哲学，我问他如何看待自己的人生。他说，人生的最高目标就是活出自己的个性，而要达到这个目标，就要凭本能行事，自由自在地在人世间漂浮，不管是遇到好运还是厄运，都安然接受。这样，就像经过一次洗礼，心灵得到净化，就能自如地应对未来。他说他有爱心，所以他相信上帝，相信灵魂不死。他相信，无论是肉体上的爱，还是精神上的爱，都可以使人得到净化。他认为人生没有真正的幸福，只有一些暂时的满足，而正因为这样，人们才对幸福无限渴望，这也从另一个侧面证明了灵魂不死。他认为自我牺牲是不可想象的，人做任何事情，无论是开始还是结果，都是为了自我发展。不过，他也不否认，

七十岁以后的毛姆，此时毛姆似乎感悟到人生的真谛在于你究竟做了多少事，而不在于你说了多少话。

自我牺牲有时对自我发展也有好处。

听完这些，我问他，他那些乱七八糟的风流韵事究竟是怎么回事。这使他有点恼火，不过他还是回答了，说他的性欲确实很强烈，但实际上他并不仅仅为了性需要，而是为了追求一种美的理想。他在许多女人身上发现各种不同的美，于是就在和她们的性关系中分别感受,然后在心中合成一种理想的女性美。这就如雕刻家选这个人的嘴唇、那个人的眼睛,又选这个人的身材、那个人的神态,最终雕刻出一座理想的雕像。

但问题是,一个人在凭本能寻求自我发展的过程中,势必要涉及他人。所以,我问他,如果某人的本能是抢劫或者谋杀,他怎么看。他说,社会认为这种本能是有害的,应该加以惩罚。

"但是,"我说,"如果某人凭自己的本能,虽然没有违法,却做了有损他人的事呢?譬如,他看上一个有夫之妇,勾引她抛弃丈夫和子女和他同居,后来他又厌倦了,抛弃了她,又去勾引另一个女人。"

对此,他支支吾吾地说:"唔,那我说他可以凭自己的本能做事……当然……当然……最好不要伤害别人……心里要有数……"

显然,他前面说的那套东西一文不值。事情明摆着,那只是他的自我开脱,而实际情况是,他控制不住自己的欲望,就像一根羽毛随风飘荡。是的,B君这个人意志薄弱,没有勇气去面对生活中的是是非非。若是没有烟抽,他会心烦意乱;若是酒菜不好,他会无比难受;就是天下雨,也会弄得他手足无措。稍有挫折,他就闷闷不乐、自怨自艾。别人和他意见不合,哪怕稍不一致,他就生气、发火。他是个自私的家伙,毫不在意别人的感受,但他又很在意英国绅士那套风度,一举一动看上去都很得体。他懒得穿过马路去帮助哪个朋友,但只要哪位女士走过来,他立刻会起身致意。

我认为只有"善"才有人生价值

人的自我主义使人不愿接受无意义的人生，所以当人很不幸地发现自己不再能信奉一种可以为之献身的崇高理想时，他就会再设置一些特殊的理想，从而使自己的人生具有意义。历代有识之士认定，有三个理想是最有价值的。他们认为只要追求这三个理想，就能使人生富有意义。虽然这三个理想很可能具有生物学功能[1]，但表面上它们显然是非功利的，因而给人一种幻觉，以为通过它们便可摆脱人生的枷锁，而它们的崇高性质更使人跃跃欲试，一心向往某种精神生活，而且不管其效果如何，认为努力追求这三个理想总是值得的。这三个理想就像人生大沙漠上的三块绿洲，既然人在人生旅途中不知其他目标，就只好使自己相信，这三块绿洲毕竟还

---

[1] 即实用价值，此句意即真、美、善很可能是人类出于实际需要而形成的理念。

是值得一去的，因为在那里他将得到安宁，他的疑问也会得到解答。这三个理想就是——"真""美""善"。

一、"真"没有人生价值

我觉得，"真"是出于修辞方面的缘故才在这里占有一席之地的。人们把一些品质，譬如勇敢、荣誉感和独立精神等也归入这个词的含义。这些品质固然往往是为了求"真"而表现出来的，但实际上它们和"真"并没有什么关系。只要发现有自我表现的好机会，就会有人不惜一切代价地去抓住它。然而，他们感兴趣的只是他们自己，而不是"真"。如果说"真"是一个理念，那就是因为它是真的，而不是因为说出"真"来是勇敢的。然而，由于"真"是一种判断，人们便以为它的价值更多地在于这种判断，而不是"真"本身。就像一座连接两个城市的桥比一座连接两块荒地的桥重要，但这和桥本身无关。

此外，如果说"真"是终极价值之一的话，那么奇怪的是，好像没有人完全知道它是怎样一种终极价值。哲学家们一直就"真"的意义争论不休，甚至相互攻讦。在这样的情况下，一般人只能让他们去争论，自己则满足于一般人的

"真"。这是一种很谦让的姿态,只要求维护某些特殊的存在,那就是简单地陈述事实。但是,如果这也算是一种价值的话,那只能说没有什么比这种价值更不重要了。谈论道德的书里往往会举出许多事例,以此说明"真"是可以合法维护的。其实这些书的作者大可不必自找麻烦,历代的智者早已断定,说真话未必聪明。人为了虚荣、安乐和利益,总是不顾"真"的。人并不以"真"为生,而是靠骗为业;他的理想主义,有时在我看来,也不过是想借"真"的名义弄虚作假,以此满足他的自负心理罢了。

二、"美"的人生价值不大

"美"的情况稍好一点。多年来我一直以为只有"美"才能使人生有意义,以为人类在地球上世代相传,唯一能达到的目的就是不时地产生艺术家。我认定,艺术品是人类活动的至高产物,是人类经受种种苦难、无穷艰辛和绝望挣扎的最后证明。在我看来,只要米开朗基罗在西斯廷教堂的天顶上画出了那些人像,只要莎士比亚写出了那些台词,以及济慈唱出了他的颂歌,数以百万计的人便没有白活和白白受苦,也没有白死。我除了说艺术能赋予生活意义外,还把艺术品

毛姆在书架前。毛姆一生都在思考人生，并用他的作品表现人生，但他最后觉得人生似乎很虚幻。

所表现的美好生活也包括在内。后来我虽然改变了这种夸张说法，但我珍视的仍然是美。现在，我已彻底抛弃了这种想法。

我首先发现，美是一个句号。当我面对美的事物时，我总觉得自己只能凝视和赞赏，此外便无事可做了。美的事物所激起的情感固然高雅，但我既不能保持它，也不能不受限制地重复它；就是世上最美的事物，最终还是使我厌倦。我注意到，我从那些带有实验性的作品中反而能得到较持久的满足，因为它们尚未臻于完善，我的想象力还有较大的活动余地。在伟大的艺术杰作中，一切都已尽善尽美，我不能再做什么，活跃的心灵就会因被动的观照而倦怠。我觉得美就像高山的峰巅，你一旦爬到那里，可以做的事情就是再爬下来。完美无缺是有点乏味的。这并非生活中最微不足道的小小讽刺。我们最好还是不要真正达到完美，虽然这是人人追求的目标。

我想，我们说到美，意思就是指那种能满足我们的美感的对象，精神的或者物质的对象，尤其是指物质对象。然而，这等于是在你想知道水是怎样的时候，人们告诉你说水是湿的。我为了想知道权威们是否把这个问题讲得稍微清楚一点，读了许多书；我还结识了许多醉心于艺术的人，但我想说，无论是从他们那儿，还是从书本里，我都没有学得什么特别有用的东西。使我不得不承认的一个最令人惊异的事实是，对美的评判是从来没有固定标准的。博物馆里放满了被过去某个时代最具鉴赏力的人认为是美的东西，但这些东西在我们今天看来已毫无价值。在我自己的一生中，我也见过一些不久前还被认为美轮美奂的诗歌和绘画，转眼之间却像朝露在阳光下一样失去了它们的美。也许，即便像我们这样傲慢的一代人，也不大敢认为自己的判断就是最后判断；我们认为美的东西，无疑会被下一代人抛弃，而我们轻视的东西，则很可能受到他们的重视。唯一可下的结论是，美是相对于一代人的特殊需要而言的，要想在我们认为美的东西里找到美的绝对性，那是枉费心机。美虽然能赋予生活意义，却是不断变化的，所以也无法分析，因为就如我们不能闻到我们的祖先曾闻过的玫瑰花香一样，我们也几乎感受不到他们曾感受到的美。

我试图从美学家那里得知，是人性中的什么东西有可能使人产生了审美情感，这种情感又到底是怎么回事。人们一再谈到所谓的审美本能，使用这个词似乎要表明，审美就如食欲和性欲一样属于人类的基本欲望之一，而且还具有一种特殊性质，即哲学上的统一性。也就是说，审美起源于一种表现本能、一种精力过剩、一种关于绝对的神秘感。可我一点也不懂，这是什么意思。要我来说的话，我就会说审美根本就不是什么本能，而是一种部分基于某种强烈本能的身心状态，而且和作为进化产物的人类特性以及生命的一般状况密切相关。譬如，事实表明审美和性本能有很大关系（这一点已被普遍承认），因此那些在审美方面特别敏感的人，在性欲方面也往往趋于极端，甚至是病态的。或许，在人的身心结构中有某种东西使某些声调、某些节奏、某些颜色特别吸引人，也就是说，我们认为那些要素美或许是出于某种生理原因。但是，我们也会因为某些东西使我们想起其他某些对象、某些人或者某些地方而觉得它们美，因为那些被想起的对象、人或者地方，是我们喜欢的或者是随着时光流逝而获得感情价值的。我们会因为熟悉某些东西而觉得它们美，与此相反，我们也会因为某些东西新奇而觉得它们美。所有这些都意味着，相似性联想或者相对性联想是审美情感的重要组成部分。只有联想才能解释美的美学价值。我不知道是否有人研究过时间在使人产生美感方面的影响。有些事物不仅仅是因为我们熟悉才觉得它们美,还会因为前辈们的赞赏而不同程度地使它们增添了美。我想,这可以用来说明,为什么有些作品刚问世时几乎无人问津,现在却似乎成了美的代表。我想,济慈的颂诗现在读来肯定要比当初他刚写出时更美。因为历代都有人从这些生动的诗篇中得到安慰和勇气,他们的情感反过来又使这些诗篇显得更加生动。我并不认为审美情感是明确而简单的;相反,我觉得它非常复杂,是由多种相互不同,而且往往是相互矛盾的因素造成的。美学家说,你不应该因为一幅画或者一首交响乐使你充满情欲,或者使你缅怀往事,或者使你浮想联翩而感到激动。这话毫无用处,你还是激动了;因为这些方面同样是审美情感的组成部分,就像在均衡和结构方面非功利性地获得满足一样。

对一件艺术杰作,人的反应究竟如何?譬如,某人在卢浮宫里观看提香[1]的《耶稣下葬》或者在听《歌咏大师》[2]里的五重唱时,他的感觉如何?我知道我自己的感觉。那是一种激越之情,它使我产生一种智性的,但又充满感性的兴奋感,一种觉得自

---

1 提香·韦切利奥:15—16世纪意大利威尼斯画派画家,擅长肖像画和宗教画,《耶稣下葬》是其著名宗教画。

2 《歌咏大师》:19世纪德国作曲家瓦格纳的歌剧。

年过八旬的毛姆在欣赏一朵玫瑰花,毛姆一生都爱美,但他并不认为美对人生有多大价值。

己似乎有了力量、似乎已从人生的种种羁绊中解脱出来的幸福感;与此同时,我又从内心感受到一种富有人类同情心的温柔之情;我感到安定、宁静,甚至精神上的超脱。确实,有时当我观赏某些绘画或雕像、聆听某些乐曲时,我会激动万分,其强烈程度,只有用神秘论者描述与上帝会合时所用的那种语言才能加以描述。因此,我认为这种和一个更高的现实相交融的感觉并非宗教的专利,除了祈祷和斋戒,通过其他途径也可能获得。但是,我问自己,这样的激情又有何用?诚然,它是愉悦的；愉悦本身虽然很好，但又是什么使它高于其他愉悦，而且高得连把它称为愉悦都似乎在贬低它呢？难道杰里米·边沁[1]那么愚蠢，竟然会说一种愉悦和另一种愉悦一样，只要愉悦的程度相同，儿童游戏便和诗歌一样？对这个问题，神秘论者所做的回答倒是毫不神秘的。他们说，除非能提高人的品性而且能使人有更多的能力去做好事，否则再大的欣喜也是毫无意义的。它的价值就在于实际效用。

我命中注定要经常和一些审美力敏感的人来往。我说的不是搞创作的人，因为在我心目中，搞艺术创作的人和欣赏艺术的人是大不相同的。搞创作的人之所以创作是迫于内心的强烈欲望，他们往往只是表现自己的个性；他们的作品中即便有美也是偶然的，极少是他们刻意追求的；他们各自用得心应手的手段，如用笔、用颜料或者用黏土进行创作，其目的是要使自己从灵魂的重压中解脱出来。我这里说的是另一种人。他们是以鉴赏和评价艺术品为主要谋生手段的。我对这种人不太赞赏。他们总是自命不凡；他们自己不善于处理生活中的实际事务，却又瞧不起安分守己地从事平凡工作的人；他们自以为读过许多书或者看过许多画，就可以高人一等；他们借艺术来逃避现实生活，还愚昧无知地鄙夷日常事务，贬低人类的基本活动；他们其实比吸毒成瘾的人好不了多少，甚至更坏，因为吸毒成

---

[1] 杰里米·边沁：18—19世纪英国哲学家、法理学家、法学家。

瘾的人至少还不像他们那样自以为是、盛气凌人。艺术的价值就像神秘论的价值一样，是由其效果而定的；如果它只能给人以享受，那么不管这种享受有多少精神价值，也没有多大意义，或者说，至少不会比一打牡蛎或一杯葡萄酒更有意义。如果它是一种安慰，那就可以了。世界不可避免地充满了邪恶，若能有一方净土可使人隐退一阵，那当然很好，但不是为了逃避邪恶，而是为了积聚力量去面对邪恶。艺术，要是它可以被视为人生的一大价值的话，就必须教导人们谦逊、坚韧、聪慧和宽容。艺术的价值不是美，而是正确的行为。

如果说美也是生活的一大价值的话，那么就很难叫人相信使人们得以鉴别美丑的美感是某一阶层的人特有的。我们总不能把一小批人拥有的一种感受力，说成是全人类所必需的吧。然而，这正是美学家们所主张的。我得承认，我在无知的青年时代，也曾把艺术（其中也包括自然美，因为我那时认为——现在也依然认为——自然美是由人心自身创建的，就像人们创作油画和交响乐一样）看作是人类努力的最高目标和人类生存的理由所在，而且还带着一种非常得意的心情认为，只有经过优选的人，才能真正欣赏艺术。不过，这种想法早就被我抛弃了。我不再相信美是一小批人的世袭领地，而倾向于认为，那种只有经过特殊训练的人才能理解其含义的艺术表现，就像被它所吸引的那一小批人一样不值一提。只有人人都可能欣赏的艺术，才是伟大而有意义的艺术。一小批人的艺术，只不过是一种玩物。我不明白，为什么要区分古代艺术和现代艺术。艺术就是艺术。艺术总是活生生的。要想依靠历史的、文化的或者考古学的联想使艺术对象获得生命，那是荒唐的。一座雕像是古希腊人雕刻的，还是现代法国人雕刻的，那无关紧要。唯一重要的是，它在此时此地要给我们以美的刺激，而且这种刺激还要使我们有所作为。如果它不只是一种自我陶醉甚或自鸣得意的话，那就必须有利于你的性格培养，使你的性格更适宜于做出正确的行为。对艺术品的评判必须依据其效果如何；要是效果不好，那就没有价值可言。这样的结论，我虽然不太喜欢，但又不得不接受。有一个奇怪的事实——我不得不把它看作是事物的本性，因为我无法做出解释——那就是，艺术家只有在无意中才能收到这样的效果。当他并不知道自己在说教时，他的说教是最有效的。蜜蜂只为自己生产蜂蜡，并不知道人类会拿它去做其他事情。

三、只有"善"才有人生价值

　　无论是真还是美，看来都谈不上有其自身的固有价值。那么善又怎样呢？在谈到善之前，我想先谈谈爱；因为有些哲学家认为，爱包括其他所有价值，因而把爱看作是人类的最高价值。柏拉图学说和基督教结合在一起，更使爱带有一种神秘的含义。爱这个词给人的联想，又使它蒙上一层感情色彩，使它比一般的善更加令人激动。相比之下，善是有点沉闷的。不过爱有两种含义：纯粹的、单纯的爱——也就是性爱——和仁慈的爱。我认为，即便是柏拉图，也不曾精确地区分过这两种爱。他似乎把伴随着性爱而出现的那种亢奋、那种有力的感觉、那种生气勃勃的情绪说成了另外一种爱，即他所谓的"神圣之爱"，而我倒宁愿称其为仁慈之爱，虽然这样一来，会使它带有任何世俗之爱所固有的缺陷，因为这样的爱是会消失的，是会死的。

人生的大悲剧不是人会死，而是人会停止爱。你所爱的人不再爱你了，这不是生活中的一个小小的不幸，而是一种简直不可原谅的罪恶。当拉罗什富科[1]发现两个情人之间总是一个爱、一个被爱时，他便用一句格言说出了这种不和谐状态，而正因为这种不和谐，人们将永远不可能获得幸福圆满的爱情。不管人们多么讨厌，也不管他们多么愤怒地予以否认，毋庸置疑的事实是，爱情是以一定的性腺分泌为基础的。绝大多数人的性腺都不会无限制地受同一个对象的刺激而经

---

[1] 拉罗什富科：17世纪法国作家。

久不衰地分泌；再说，随着年事增长，性腺也会萎缩。人们在这方面都很虚伪，都不愿面对现实。当他们的爱情已衰退成他们所谓的坚贞不渝的爱怜时，他们是那样地自欺欺人，甚至还为此沾沾自喜，好像爱怜和爱情是同一回事！爱怜之情产生于习惯、利害关系、生活便利和有人做伴的需要，它与其说令人兴奋，不如说使人安宁。我们是变化的产物，变化是我们赖以生存的必要条件，难道作为我们最强烈的本能之一的性本能，就能背离这一法则吗？今年的我们已不再是去年的我们，我们所爱的人也不再是去年的那个人。要是我们自己变了，却还能继续爱一个同样也变了的人，那是幸运之至。在绝大多数情况下，由于自己变了，我们就得做出巨大努力，才能勉强地继续爱一个我们曾经爱过而如今已变了的人。这只是因为，爱情的力量在抓住我们时曾是那么强大，以至于我们总相信它是经久不衰的。一旦它变弱了，我们便自觉惭愧，觉得受了骗，就责怪自己不够坚贞，而实际上，我们应该把自己的变心看作是人类本性的自然结果。

  人类的经验使人类用复杂的情绪对待爱情。他们对爱情已有所怀疑。他们时常赞美它，也时常诅咒它。除了一些短暂的瞬间，渴望自由的人类灵魂总是把爱情所要求的自我服从看作是有失体面。爱情带来的也许是人所能得到的最大的幸福，但非常难得。爱情难得无忧无虑。由爱情讲述的故事，其结局总是令人忧伤的。许多人害怕它的威力，满腹怨恨地只求摆脱它的重压。他们拥抱着自己的锁链，同时又怀恨在心，因为他们知道那是锁链。爱情并不总是盲目的，因为没有什么事比死心塌地去爱一个你明知不值得爱的人更可悲了。

但是，仁慈之爱却不像爱情那样带有不可弥补的缺陷，不像爱情那样昙花一现。诚然，仁慈之爱并非把性的因素全然排斥在外，就像跳舞一样，某人去跳舞，是为了享受有节奏运动的乐趣，并不一定就是想和舞伴上床；不过，只有在跳的时候不觉得舞伴很讨厌，跳舞才是一种愉快的刺激。在仁慈之爱里，性本能虽已得到升华，但它仍然赋予这种爱的情感以某种热情与活力。仁慈之爱是善较好的一面，它使本身具有严肃性的善变得温厚，从而使人可以不太困难地遵循那些较细微的德行，如自制、忍耐、诚实和宽容等，因为这些德行原本是被动的和不太令人振奋的。看来，善是这个世界上唯一可以宣称有其自身目标的价值。德行就是它自身的回报。我觉得很惭愧，自己竟然得出了一个这样平庸的结论。凭我对本文效果的直觉，我本可以用某种惊世骇俗的悖论，或者用一种会使读者发笑并以为是我特有的玩世不恭态度来结束本文。但是，除了这些甚至从字帖上也能读到或者从牧

毛姆和妻子西莉，他们婚后生活优裕，但他们的性情很不一样，毛姆喜欢清静，西莉则喜欢热闹。

师那里也能听到的老生常谈，我觉得没有别的话可说了。我兜了一大圈，发现的仍然是人人熟知的东西。

我是不大有崇敬心的。世人的崇敬心已经够多了，甚至太多了。有许多被认为可敬的东西是名不副实的。还有一些东西，我们对它们表示敬意往往只是出于传统习惯，而不是真的对它们感兴趣。至于那些伟大的历史人物，如但丁、提香、莎士比亚和斯宾诺莎等，要对他们表示敬意，最好的方法是把他们当作我们的同时代人，和他们亲密无间，而不是对他们顶礼膜拜。这样才是真正表示我们的最高敬意，因为和他们亲密无间也就是认为他们依然活在我们中间。不过，当我在现实生活中遇到真正的善时，我仍会情不自禁地肃然起敬。在这种情况下，我对那些难能可贵的行善者便不再像通常那样，认为他们往往是不太明智的。我的童年生活是很不幸的，那时我总是夜夜做梦，梦想我的学校生活最好也是一场梦，梦醒时我便会发现自己原来仍在家里，仍和母亲在一起。我母亲去世至今已有五十年，但在我心中留下的创伤仍未痊愈。虽然我已好久没做这样的梦了，但我始终没有彻底摆脱这样的感觉，总觉得自己好像生活在幻景中。在这幻景中，因为总有这样那样的事情发生，我也就做这做那的。然而，即便我在其间扮演着角色时，我也能反省自己，知道那不过是一种幻景而已。

当我回顾我的一生，回顾我一生中的成功和失败、一生中数不尽的错误、一生中所受的欺骗和得到的满足、一生中的欢乐和悲伤时，我觉得一切好像都很陌生，都不像是真的。一切都像影子似的虚幻不实。也许，这是因为我的心灵找不到任何安息之处，仍深深地怀着祖先们对上帝和永生的渴望，尽管我在理智上已断然拒绝了上帝和永生。有时，我只能不得已而求其次，聊以自慰地想，我在一生中所见到的善毕竟还不算少，其中有许多还是我自己碰到的。也许，我们从善里面找不到人生的缘由，也找不到对人生的解释，但可以找到某种安慰。在这冷漠的世界上，无法躲避的邪恶始终包围着我们，从摇篮直到坟墓。对此，善虽然算不上是一种挑战或者一种回应，却是我们自身独立性的一种证明。它是幽默感对命运的悲剧性和荒诞性所做的反驳。善和美不同，永远

晚年的毛姆和他的爱犬。毛姆晚年倍感孤独，但他对自己的一生仍颇为满意，因为他觉得自己堂堂正正，并未对任何人有过真正的恶意。

不会达到尽善而使人厌倦。善比爱更伟大，不会随时间的推移而失去欢愉。不过，善是从正确的行为中表现出来的，那有谁来告诉我们，在这个无意义的世界上，怎样的行为才算正确？正确的行为并不以追求幸福为目的，即使后来得到幸福，那也是因为幸运。我们知道，柏拉图曾要求智者为世俗事务而放弃沉思默想的宁静生活,由此他把责任感置于享受欲之上。我想,我们每一个人有时都会做出这样的选择:明知道自己所做的事情眼前不会、将来也不会带来幸福,但还是做了,因为我们认为那是正确的。那么,正确的行为究竟是怎样的呢?就我个人而言,我认为路易斯·德·莱昂修士[1]对此做了最好的回答。他的话做起来并不难,虽说人性脆弱,也不会将其视作畏途。他说:美好之人生,不外乎各人顺其性情,做好分内之事。

---

1 路易斯·德·莱昂修士:16世纪西班牙宗教诗人。

我希望早日让位给他人

斯宾诺莎说，死亡是自由之人最少想到的一件事。是的，对死亡没必要多想，但有许多人一点也不想，极力回避，那也不近情理。应该对这件事有适度的思考。在死亡还没来临之前，谁也不知道自己是不是很怕死。我曾想象，如果有一天医生告诉我，我得了不治之症，没多少时间可活了，那时我的心情将会如何。后来，我虽然把我想象的那种心情通过我的人物之口说了出来，但我知道，那已经被戏剧化了；再说，我也没有把握说，那种心情是我确确实实感受到的。

我觉得我并不是那种贪生怕死的人。我曾生过几次重病，但只有一次我觉得自己好像离死不远了。那时，我已经虚弱得连恐惧感也没有了，只希望早点结束挣扎，一死了之。死亡不可避免，怎么死都无所谓。有人希望自己死得快点，甚至希望在不知不觉中死去，这想法我也能理解。

我总是生活在对未来的憧憬中,甚至到了现在,我已经没有多少未来了,但我仍然改不掉这个习惯;我仍然抱着坚定的信心,企盼着哪一天能圆满实现我自己设定的人生理想。不过,有时我也会瞬间有一种冀求死亡的冲动,想一头扑向死亡,就像扑入情人的怀抱一样。这种对死的向往很刺激,就像多年前对爱的渴求一样刻骨铭心。一想到死,我就像沉醉了一样,恍恍惚惚地觉得自己终于彻底自由了。

尽管如此,只要医生能使我的健康保持得还可以,我还是想活下去的。我对这个熙熙攘攘的世界很感兴趣,特别是将来会发生什么事情,我很想知道。很多和我同时活在这个世界上的人都遵从自然法则,一个个地完成了人生的使命。这使我一次次地想到我自己,想到我很久以前为自己设计的人生目标还是不错的。但我还是为自己将要离别亲友而感到难过,特别是长久以来一直依靠我的人[1],我不忍心抛下他们。不过,我想,他们依靠我那么久了,让他们自谋生路、自由自在,或许也是件好事。我在这个世界上占着一个位子已经太久了,我希望早日让位给他人。因为说到底,不管你设计怎样一种人生,目的都在于自我满足;一旦满足了,没什么

---

[1] 毛姆成名后,收入颇丰,他把其中相当一部分用来接济贫穷的亲友。

毛姆（右）和英国首相丘吉尔（左）。毛姆和丘吉尔有交往，他晚年由女王授予"荣誉侍从"称号，就是丘吉尔提议的。

需要增加了，设计者也就可以走了。

不过，如果有人问我：你设计的人生究竟有何意义？我只能说：没什么意义，那只不过是我这个小说家对本无意义的人生的一种强行处理。我只是为了使我自己满意，使我自己高兴，使我自己的身心需要得到满足，才特意为自己设计了这样的人生。它有开端、有发展、有结局，就如我根据他人的生活构思出来的一个剧本、一部长篇小说或者一个短篇故事一样。

我们每个人都受制于各自的天性和环境。我为自己设计的人生并不是最好的人生,甚至都不是我喜欢的人生,而只是一种就我的天性和环境来说似乎是可行的人生。有许多人生比我要好得多,譬如农夫的人生,我觉得是所有的人生中最好的:他们耕种收获、享受劳作,也享受闲暇;他们恋爱结婚、生儿育女,然后死去。我这么说,当然不是受了文人墨客的影响,矫揉造作地赞美什么田园生活,而是我实实在在地看到田野里的农夫时感受到的。那里的土地仿佛是大自然的恩赐,不需要多少劳力就有丰硕的收获;那里的喜怒哀乐,也是源于自然、人皆有之的喜怒哀乐。所以,我觉得那里的生活是最自然的,也是最完美的。在那里,人生就像一个好故事,从头到尾都按一条明确的主线讲述,从从容容,直到最后。

我的人生格言与断想

一、关于信仰

人生是痛苦而虚空的，这是宗教的基本观点。也许，宗教能给人的所有好处都被这种消极的人生观抵消了。它把人生看作是追求来世幸福的朝圣之旅，也就否定了现世生活的所有价值。

★ ★ ★

对上帝的信仰既不需要常识，也不需要逻辑，更没有理由可言，只是出于人的感情需要。所以，人们既不能证明上帝存在，也不能证明上帝不存在。但不管怎样，我不信仰上帝。我觉得上帝对我来说没什么用，因为我根本就不相信人有来世之类的说法。在我看来，说人死后要受惩罚是胡说八道，说人有来世幸福是异想天开。我相信，我死后什么都没有了，只有一具尸体被埋入地下。虽然我能想象，将来有一天我或许会信仰上帝,但现在还不会。我现在不信仰上帝,是基于我的观察和推理,而将来我若信仰上帝,则是出于我的感情需要。你们说上帝是存在的,那我就不明白了,为什么你们仍不敢肯定人死后真能复活;你们说上帝是万能的,那我就不明白了,为什么你们没有给予他使人复活的能力?

基督教宣称,《新约全书》中说到的种种神迹都是经过验证的,而实际上,任何一种宗教用来证明自己的所谓证据都是差不多的。所以,我很好奇,如果一个基督徒考虑过这样一个问题,他是不是还会笃信基督教,那就是:他若出生在摩洛哥,他就会是伊斯兰教徒;他若出生在锡兰[1],他就会是佛教徒。如若这样,他就会认为基督教是荒唐的邪教,就像他现在一样,把伊斯兰教和佛教看作邪教。

★　★　★

毋庸置疑,基督教给了我们不少美德,但基督教也给了我们不少偏见,这同样毋庸置疑。譬如,追求自身利益,是人的主要行为动机,是人性的本质所在,说它是生存所必需的也不为过;然而,基督教却将此视为罪恶。按基督教教义,人不能追求自身利益,不能关心身外之物,甚至不能为自己

---

[1] 锡兰:斯里兰卡的旧称。

的身体着想，而只能关注自己的灵魂，追求灵魂的纯洁和得救。这样一来，基督教其实是要我们违背自己的本性，从而使我们变得很虚伪。当我们顺从自己的本性时，基督教要我们感到愧疚，而当别人这样做时，即使一点也不妨害我们，我们也要予以谴责。实际上，追求自身利益并非罪恶，它就像万有引力一样，对我们并没有什么妨碍，因为人人都知道人是为自身利益着想的——他是，你是，我也是。所以，应该将此视为天经地义，理所当然。

★　★　★

如今，已不需要从理智上驳斥基督教了，到处都有反基督教情绪。既然宗教是一种情感表现，当然也就只能以情感反情感。一个人有宗教信仰，另一个人没有，也许只能这样解决：双方都承认对方的情感是正当的。

★　★　★

显然，信仰宗教的人心里也是想要享乐的——享乐主义对他们的影响并不小于纯粹的享乐主义者——只是，他们追求的是来世的享乐，而不是现世的享乐。实际上，选择这种方式追求永恒幸福的人，其享乐主义倾向再明显不过了。而且，只要关注一下他们所谓的永恒幸福，不难发现其中充满了粗俗的物质欲望。这样的欲望，甚至连许多公开的享乐主义者也羞于承认。

是的，有些信仰宗教的人似乎特别高尚，他们坚信自己做任何事情都不图回报，只是出于对上帝的爱。但是，只要仔细分析一下，就会发现他们所信仰的仍然是享乐主义，即享受行善后获得的自我满足，享受自己做了好事后的好心情。只是，这样的享受是精神上的享受，比粗俗的物质享受总要高尚一些。

★ ★ ★

人为什么要对上帝谦卑恭敬？是因为上帝比人更优等、更聪明、更有能耐？这理由很不好，和我的菲律宾女佣对我谦卑恭敬的理由差不多——她在我面前很谦卑，因为她认为我是白人，钱比她多，书也读得比她多，所以她对我恭恭敬敬。实际上，我认为上帝才应该谦卑一点——因为他造出来的人那么拙劣，如果他有自知之明，理应感到惭愧而谦卑。

二、关于哲学

除了要我们去做一些好像非做不可的事情，我不知道哲学在日常生活中还有什么用处。有些事情，若不是迫不得已，我们是绝不会主动去做的，而哲学却告诉我们，做这些事情是有好处的。于是我们就去做了，尽管并没有得到什么好处，但也就此安心了。哲学使我们心甘情愿地去做一些我们其实并不想做的事情——这就是哲学的用处。

★ ★ ★

哲学家就像登山者，千辛万苦爬上山顶，是为了看到日出；但到了山顶，看到的却是一片浓雾，于是就摇摇晃晃下了山。如果他下山后没有对你说日出景象有多么壮观，那他还算是个老实人。

★ ★ ★

说人类的存在是有目的、有结果的，不管这么说出于什么目的，希望得到什么结果，都毫无根据。这就如在古代和中世纪，人们只能凭空想象"天体必须以圆形轨道运行，因为圆形是最完美的形状"。

那么，人类存在到底有没有目的？只要想想亚里士多德派[1]对哥白尼体系的质疑就明白了。他们当时问哥白尼："那么太阳系以外的宇宙空间又为何要存在呢？"

---

[1] 在哥白尼之前，人们一直相信亚里士多德的说法，即地球是宇宙的中心，其他天体都绕地球旋转，而且宇宙存在的目的就在于此。

三、关于社会

我们怎样对待他人，取决于自我保护原则。一个人这样或那样对待他人，不是为了从他人那里得到某种好处，就是为了避免他人对自己造成某种损害。个人并不欠社会什么，反过来也一样。个人以某种方式受益于社会，社会也以某种方式受益于个人。个人对社会做了好事，社会便奖励他；做了坏事，社会就惩罚他。

★ ★ ★

个人能不能完全适应社会？或许有一天，个人不必再仅仅为了生存而相互竞争。但这样就能使我们满足了吗？有的人虚弱，有的人强壮，这一事实永远存在。每个人的生理要求也不尽相同。还有，总会有一些人比其他人漂亮；总会有一些人更有才能，因而获得更多报酬。失败者总会嫉妒成功者。人总会变老，而有些人总会不顾自己的年龄像年轻人一样行事，直到别人强迫他靠边。就算所有这些问题都得到解决，人们在两性问题上仍会产生矛盾。没有哪个男人会把自己心爱的女人让给另一个男人，至少不会主动出让。哪里有爱情，哪里就一定会有妒忌和怨恨。就算有人会为公共利益而牺牲自己，也不能设想他们会为此而牺牲自己的孩子。人是不会变的：总会有一时的冲动，野蛮的原始本性总会一次次显露出来。

★　★　★

儿童被寄予厚望，而他们的精神食粮却是美丽的童话和幻想。这会使他们无法适应社会生活。如不彻底消除他们的幻想，他们就会在社会生活中感到痛苦而颓唐。而他们之所以会这样，原因就在于那些一知半解的母亲、保姆和教师对他们无微不至的呵护。

★　★　★

对一般人来说，有这样一条生活原则就足够了：遵照自己受社会道德约束的本能行事。

★　★　★

人会随着年龄的增长而变得越来越沉默寡言。年轻时，他渴望向他人诉说自己的想法；他总觉得他人会亲切地接纳他，因而向他们敞开心扉，无话不说。他总希望自己能像河水汇入大海一样融入他人的生活。但是，渐渐地，这一动力消失了。他发现他和朋友之间是有隔阂的，他意识到他们其实都是陌生人。之后，他也许会把所有的热情集中在某个人身上，最后一次（可以这么说）想和这个人沟通心灵。他竭尽全力想要把她拉向自己，试图了解她，也希望她能了解自己，透彻地了解。但是，渐渐地，他发现这也不可能。不管他多么爱这个人，不管他和她的关系多么亲密，她似乎仍然是个陌生人。是的，就连同床共寝的夫妻，也不能相互了解。于是，他不再和人交往，默默地蜷缩在自己的世界里。他避开所有人的目光，包括他最爱的人；因为他知道，就是对这个人，他其实也无话可说。

四、关于道德

人所共有的行为不可能是邪恶的。许多道德学说都有同样的错误，都在不同程度上武断地把人的某些行为视为"善"，某些行为视为"恶"。要是性行为从未被视为"恶"，那人生将会多么幸福！所以，真正的道德学说应该归纳出人所共有的各种行为，并把它们视为"善"。

★　★　★

有些行为得到赞许是因为它们或多或少能使人受益，而有些行为虽然不能使人实际受益，却能使人开心，它们也得到了赞许。

我们虽不经常有意识把"寻开心"作为我们的行为目的，但这并不说明"人类行为往往以获得快乐为目的"的说法是错误的。

★ ★ ★

我认为，完全可以确证，人们努力追求的无非就是快感。一般人觉得"快感"一词不好，更愿意说"幸福"。其实，幸福的定义就是持续不断的快感。既然"幸福"一词被接受，"快感"一词就不应被排斥。幸福就如一条线，快感就如这条线上的一个个点，如果你把这条线上的一个个点视为"恶"，那你就不能把这条线视为"善"。当然，"快感"一词并不单纯指感官刺激，但不知何故，人们一听到这个词，首先想到的就是那方面的刺激。也许是因为，对一般人来说，审美快感、思维快感、玄想快感远不如感官刺激那么强烈，所以当他们听到"快感"一词时也就不会想到，除了感官刺激，还有其他什么快感。

有些人，譬如歌德，认为人生的理想状态是"和谐"，而另一些人，譬如沃尔特·佩特，则认为是"美"。歌德教导人们要全面发挥自己的能力，要体验生活的方方面面，这无疑就是提倡享乐主义，因为人越是多方面体验生活，获得的快感也就越多。而若把"美"视为人生目标，我觉得有点愚蠢，因为这样会使人只能同甘不能共苦，一遇到阻碍，就灰心丧气了。

★ ★ ★

谦虚是强加在我们头上的美德，但至少对于艺术家来说，谦虚是有道理的。实际上，当艺术家对自己的作品感到不满意时，或者当他把自己的作品和举世公认的杰作对比时，他就会发现，在所有美德中，谦虚是最容易做到的。除非他谦虚，否则难以进步。自满对他来说是致命的。但奇怪的是，别人的谦虚会使我们觉得尴尬。当有人在我们面前自谦时，我们会局促不安。我不知道为什么会这样，也许是因为谦虚有点像奴颜婢膝，有损人的尊严？或者，是因为别人的谦虚会使我们意识到自己也没有什么价值？

★ ★ ★

享乐主义者应该牢记，自觉意识和幸福感是不相容的。如果他有意追求幸福，幸福就会离他而去。

五、关于爱情

恋爱时，应该控制交往次数。毕竟，我们中谁也没法永远爱一个人。如果在恋爱开始前有些障碍、有些挫折的话，爱情或许会比较牢固。如果恋爱时所爱之人不在身边，或者所爱之人反复无常，可以想象一下，一旦所爱之人投入你的怀抱该有多么幸福，由此得到一点安慰。爱情就是这样，如果一路畅通，很容易得到，最后会受到惩罚，那就是丧失爱的能力。或许，最忠贞不渝的爱情，是永远得不到的爱情。

★ ★ ★

爱情基于人的种族繁衍本能，具体表现为：绝大多数男人见到中意的女人就会追求，如果追不到第一个，就会追第二个。

极少有男人一辈子只爱一个女人。如果真是这样，那只能说明他的性本能有问题。

★ ★ ★

爱情一开始会使人愉快，但随着爱情越来越强烈，却会使人感到痛苦。到后来，爱情几乎就是痛苦，使我们极力想摆脱它，从而不再追求原本极力想得到的东西。有时，爱情甚至会来得如此猛烈，一开始就叫人难以忍受，以致男人为了使自己从这样的爱情中解脱出来，会杀死自己所爱的女人。

★ ★ ★

一个男人和一个女人长期生活在一起，就算是社会认可的那种[1]，一般也只有一个结果：他会变得更加狭隘、更加低劣。要不是他总和一个女人在一起，他本不至于如此。

★ ★ ★

男人心目中的理想女人仍然是童话故事中的那个公主，

---

[1] 即婚姻生活。

那个在她的七层床垫下放一粒豌豆也会使她睡不着的公主[1]。没有男人不害怕粗犷老练的女人。

★ ★ ★

没有什么比爱情更能改变一个男人的观点，因为新观点多半是新情绪，源于心情，而非理智。

★ ★ ★

如果恋爱时对方只对你表示善意、友情和好感，那对你有什么用？那是些华而不实的东西，只是在嘴上说说的。

★ ★ ★

没有哪个女人值5英镑以上，除非你爱上她。而到那时，她值多少，就要看你在她身上花了多少。

六、关于友谊

世上有两种友谊。一种友谊源于体貌的相互吸引。你喜欢你的朋友不是因为他有什么特别的品质或者才能，而仅仅是因为你被他的体貌所吸引。C'est mon ami parce que je l'aime parce que c'est mon ami.（法语：他是我的朋友是因为我喜欢

---

[1] 见《安徒生童话》中的《豌豆上的公主》，此句意指男人心目中的理想女人是娇嫩的。

他,我喜欢他是因为他是我的朋友。)这是不讲理由的,也没有理由可讲。然而,具有讽刺意味的是,你很可能会对这位朋友产生这样的感觉:他其实并不值得你喜欢。这种友谊尽管和性无关,但它确实和爱情很相似:它像爱情一样产生,也可能像爱情一样消退。

第二种友谊是知性的。吸引你的是新朋友的才能和见解。他的有些观点,你想都不曾想过;他的所见所闻,你都一无所知;他的经历和谈吐,使你赞叹不已。然而,就如每一口井都有底,你的朋友再怎么见多识广,也总有一个限度,总会有一天,他再也讲不出使你感兴趣的新东西了。这是决定你们的友谊能否继续的关键时刻。如果他的知识是从书本和自身经历中得来的,他已经没法吸引你了。这口井见底了,你把桶放下去再也打不上水来了。这就是这种友谊来得快去得也快的原因。同时也表明,为什么你后来会厌恶这样的朋友。因为当你发现他们其实不值得你那么钦佩时,最初的失望会进而变成鄙视,乃至厌恶。不过,有时由于某些原因,你依然会和他们时不时地有所交往。这样的话,就应该在两次交往之间留足时间,使他们在此期间有可能获得新见识,产生新思想,从而像新朋友一样再次吸引你。这样的话,你当初对他们的失望情绪会渐渐消失,进而习惯了,即便他们没有什么新见解、新思想，你也不再计较，继续和他们保持朋友关系。另一种情况是，你发现你的朋友已经没有什么新知识能吸引你了，但你觉得他的个性、气质和思维方式还是很讨人喜欢的。如果这样，那么你们的友谊可能更加牢固。这样的友谊令人羡慕，是前面那种出于体貌吸引的友谊无法比拟的。

你可以设想，如果你和某个人同时拥有这两种友谊，那么这个人一定是最完美的朋友。但是，碰到这样一个朋友的可能性极小，几乎不可能。常有的情况倒是，一对朋友中的一方是被对方的体貌所吸引，另一方则是被对方的知性所吸引。遗憾的是，这样的友谊很快就会因相互不满而告终。

七、关于事业

人生之所以艰难，是因为凡事都不可补救。没有一件事会再次发生，和之前一模一样。因而在人生的重要事情上，其实没有前车之鉴。无论什么事，一旦做了就不可改变；无论什么错误，一旦犯了就无法改正。有时回顾往事，你会为自己所犯的错误感到惊讶；你好像完全走错了路，浪费了一年又一年的时光。

★ ★ ★

我很想把人生看作下棋，因为其中的规则是不可改变的。没有人会问，为什么马要这么跳，车要这么走，象要这么飞。你必须接受这样的规则，按规则下棋，抱怨不但没用，而且愚蠢。

★ ★ ★

我觉得，最好的处世态度是轻松幽默，随遇而安。

★ ★ ★

成功，我觉得它对我没什么影响。原因在于，我一直认为我会成功，所以当它到来之时，我认为是理所当然，没什么可惊讶的。对我来说，成功的唯一好处，是我摆脱了经济上的窘境，因为我一直没有稳定的收入，而我讨厌穷困，讨厌省吃俭用。现在，我觉得自己不像十年前那样拮据了。

★ ★ ★

我没有什么不寻常的才能，但我有坚毅的性格，这多少弥补了我的不足。我头脑清醒，大多数人看不透的事情，我能看得很清楚。最伟大的作家甚至能看透砖墙，我还没有这样敏锐的目光。一直以来，人们都说我愤世嫉俗，其实我只是有话直说罢了。我就是我，我不希望别人把我看成别的样子；同时，我也不喜欢别人在我面前装腔作势。

★ ★ ★

我年轻时曾装出一副无所不知的样子，因而经常出洋相，弄得狼狈不堪。后来我发现，对自己不知道的事情最好还是说"我不知道"。这也是最容易做到的。我这样做之后，好像至今没有人说我孤陋寡闻。唯一的麻烦是，有时你说了"我不知道"后，有些人会唠唠叨叨地把事情一五一十告诉你。他们乐此不疲，而我对世上的很多事情，根本就不想知道。

八、关于自然

秋天，到处都是阴沉沉的死亡色彩，就像一段忧郁的旋律，就像一曲悲伤的哀歌。但是，在这阴沉沉的色彩中，仍有苹果树上的点点鲜红；就是在枯黄的落叶中，仍有什么东西使人领悟到，大自然在死亡和腐朽中孕育着新生命。

★ ★ ★

田野里生机勃勃，青草已经长得很高，金凤花开得很茂盛。它们沐浴在阳光中，就像先前在雨中一样欢快。雏菊上还留着可爱的小雨滴。微风吹过，蒲公英毛茸茸的小球随风飘荡，漫无目的，唯一的使命就是把种子播撒在大地上，等到来年夏天发芽、生长、开花，再飘出毛茸茸的小球，然后死去。这正是人生的象征。

★　★　★

人生本无意义可言，所有的痛苦和磨难也都没有意义。人生没有终极目标，对大自然而言，人活着就是为了种族繁衍，其他一切都无关紧要。我这么说，你能说我目光短浅吗？你能说我不负责任吗？

九、关于死亡

有人说，生命是短暂的。是的，对回顾往事的老人来说，人的一生似乎很短暂。但是，对于前途未卜的年轻人来说，人生之路却很长很长，不知何处才是尽头。有时，一个人会觉得好像再也不能忍受了：为什么不能一觉睡着，再也不醒过来？那些期盼永生的人，真是幸福！但对我来说，长生不老的想法真是可怕。

★　★　★

我不明白，传记作家既然已经向世人展示了某个名人的生活细节，为什么常常会对展示他死亡时的细节犹豫不决。读传记，读者最感兴趣的是人物的性格，他的优点和缺点，他何时会勇往直前，何时会垂头丧气，而只有当他躺在病床上奄奄一息时,他的性格才表现得最为明显。对我们来说,知道一个名人是怎么死的,就像知道他是怎么活的一样重要。我们活着要受制于周围的人,死却是我们自己的事。看看别人是怎么走完最后一程的,这是我们自己踏上这条路时的唯一安慰。

★ ★ ★

人生就像在黄昏时埋头看书,看啊看,没有注意到光线在一点点暗下来。直到想休息一下,一抬头猛然发现白天已经过去,黑夜已经降临。再低头去看书,什么都看不清了,这本书一点意思也没了。

★ ★ ★

让我们吃吧,喝吧,开心点吧!因为不久我们就死了——是的,痛苦地死去!但也不总是这样,或许我们会在开心地打完一场高尔夫球后坐在一张扶手椅上,喝完一杯威士忌后,静静地离开世界;或许我们会躺在床上,美美地睡着,不再醒来。我想,要是这样就好了,我们可以嘲笑嘲笑那些整天忙忙碌碌的人了!他们死到临头,还有这个理想、那个理想,结果呢,两腿一伸,理想成了遗憾。

二 我的人生观

图书在版编目(CIP)数据

你自管做人,只当上帝并不存在:毛姆谈人生 /(英)威廉·萨默塞特·毛姆著;刘文荣译. — 北京:商务印书馆,2025. —(涵芬书坊:新版). — ISBN 978 - 7 - 100 - 24332 - 2

Ⅰ. I561.65

中国国家版本馆CIP数据核字第2024RT3259号

权利保留,侵权必究。

你自管做人,只当上帝并不存在
毛姆谈人生

〔英〕威廉·萨默塞特·毛姆 著
刘文荣 译

商务印书馆出版
(北京王府井大街36号 邮政编码100710)
商务印书馆发行
山西人民印刷有限责任公司印刷
ISBN 978 - 7 - 100 - 24332 - 2

2025年3月第1版	开本 889×1194 1/32
2025年3月第1次印刷	印张 6¼ 插页 2

定价:58.00元